커서 마스터

Cursor Master

커서 마스터 6
Cursor Master

초판 1쇄 인쇄일 2017년 10월 17일 **| 초판 1쇄 발행일** 2017년 10월 20일

지은이 장성필 **| 펴낸이** 곽동현 **| 담당편집 팀장** 이범수
편집부 신연제 김예리 이윤아 홍현주 김유진 조서영 임소담 정요한 김미경

펴낸곳 (주)조은세상 **| 출판등록** 제 2002-23호
주소 경기도 연천군 미산면 청정로 1355
TEL 편집부 02)587-2966 **| FAX** 02)587-2922
e-mail bukdu@comics21c.co.kr

장성필 ⓒ 2017
ISBN 979-11-6171-300-7 **|** ISBN 979-11-6171-008-2(set) **|** 값 8,000원

성필 현대판타지 장편소설　NEO MODERN FANTASY STORY

커서 마스터
Cursor Master

북두
(주)조은세상

CONTENTS

커서 마스터
Cursor Master

커서 마스터
Cursor Master

1. 마스터키

커서 마스터
Cursor Master

1. 마스터키

케이블 채널 JKBC의 '극한던전을 가다' 의 녹화방송을 준비하던 고현아는 진행자 대기실에서 화장을 하며 여직원들과 수다를 떨고 있었다.

그런데 그때 갑자기 문자 알림음이 들린다.

띠링.

무심결에 그것을 확인하다 눈이 커지는 고현아.

그리고는 서둘러 휴대폰으로 뭔가를 검색하기 시작했다. 잠시 후 그녀는 자신이 원하는 정보를 찾아내고는 눈이 휘둥그레진다.

"와, 대박!"

고현아의 갑작스런 외침에 모두 놀라더니 곧바로 그녀의

주위에 모여들었다.

"뭔데요?"

"무슨 일 있어?"

그런 주변의 반응에도 넋을 잃고 아무런 말없이 여전히 휴대폰 화면 속 동영상을 바라보는 고현아.

그런 그녀 곁에 있던 다른 여직원들 역시 호기심에 덩달아 화면을 주시했다.

화면 속에선 사람들이 분주해 보인다. 거기다 주변에 보이는 사람들도 대부분 외국인들처럼 보인다. 아마도 영상 속 배경도 한국이 아닌 것 같다.

특히나 띄엄띄엄 들리는 소리는 영어가 분명했다.

고현아의 의상 담장이자 친구인 여자가 화면을 바라보며 물었다.

"여기 어디야?"

"뉴욕의 롱비치."

"롱비치는 캘리포니아 아니었어?"

"뉴욕에도 롱비치 있어."

"그럼 화면 속 배경이 뉴욕이라는 거야? 뉴욕에 특별한 일이 있는 건가?"

"쉿!"

고현아의 말에 모두 영상에만 집중했다.

그런데 그때 화면 속의 누군가가 소리친다.

"블랙로브!"

그제야 주변 모두는 고현아가 영상에 집중한 이유를 알수 있었다. 블랙로브가 나타난 영상이기 때문이었다.

언제부턴가 블랙로브의 광팬이 되어 버린 고현아.

주변사람이라면 그녀의 열렬한 블랙로브에 대한 관심을 모르는 사람이 없을 정도였다.

아니, 굳이 주변사람이 아니더라도 그녀의 방송을 열심히 보는 사람들이라면 그녀가 블랙로브의 팬임을 모를 수가 없었다.

던전 관련 방송을 하면서도 간혹 블랙로브 이야기가 나오면 유독 눈이 초롱초롱해지니, 그녀가 얼마나 블랙로브에 열광하고 있는지 알 수 있었던 것이다.

지금 문자 역시도 블랙로브의 팬카페 '블팬'의 해외 지인으로부터 들어온 것이었다.

그 문자를 본 그녀가 잽싸게 그가 말하던 영상을 확인하고 있는 중이었다.

며칠 조용하다 했더니 그새 미국으로 갔을 거라고는 전혀 예상하지 못했었다.

그녀는 그 영상을 통해 블랙로브가 뉴욕 롱비치에 있는 던전에 들어갔다는 사실을 파악했다.

그리고 곧바로 검색을 통해 그 던전이 미국 상위 길드들도 꺼린다는 7성급 던전 '토네이도'라는 것도 알아냈다.

상기된 표정의 그녀는 서둘러 대기실을 빠져나가 방송 PD를 찾아갔다.

그 시각 '앗싸비아 TV'에서 던전 전문 인터넷 개인방송을 운영하는 인기 BJ 송태호가 실시간 방송 도중 자신에게 온 문자 메시지를 확인했다.

그리고는 활기찬 표정으로 그 내용을 방송에서 전달해 줬다.

"대박! 지금 미국에 있는 친구가 보낸 문자인데, 뉴욕에 있는 던전에 블랙로브가 나타났다는 군요. 그런데 그가 지금 7성급의 던전에서 나왔다고 해요."

–와우! 블랙로브 지금 미국에 있는 거임?

–확실히 탈 인간, 아니 탈 각성자의 레벨이야. 한국에서 그렇게 엄청난 일들을 하더니 결국 해외 원정인가? 그런데 미국 던전 공략이라면 그거 미국 정부의 허락을 받아야 하는 거 아닌가?

–이걸로 새로운 한류의 탄생인가?

–이거 블랙로브가 전 세계 던전 휩쓸고 다니는 거 아냐?

–인간이 아닐 거라는 이야기도 있던데. 그간 해온 일을 생각해보면 어느 정도 수긍.

–아, 난 8급 각성자만 되어도 소원이 없겠는데.

댓글창이 미친 듯이 올라가는 모습에 송태호의 표정이 더욱 밝아진다.

던전 관련 개인방송이 워낙 많아 경쟁도 그만큼 치열했기 때문에 빠른 정보가 무엇보다 중요했다. 그런데 이렇게 우연히 미국 지인에게서 날아온 정보로 인해 보석풍선이 정신없이 터진다.

그런데 그런 사정은 그의 개인방송뿐만이 아니었다.

관련 개인방송은 물론 케이블TV에서도 그에 관한 이야기가 실시간으로 올라오고 있었다.

미국에서 찍힌 개인영상에 비공식적인 정보로는 미국의 헌터연합의 의뢰를 받아 골치를 앓고 있던 던전을 클리어했다는 이야기도 있다.

특히 JKBC는 고현아 앵커를 전면에 세워서 긴급편성으로 발 빠르게 이 소식을 전했다.

이런 저런 정보들이 난무하는 상황이라 한국 포털 사이트 실시간 검색어로 '블랙로브'와 함께 '미국 던전' 그리고 '뉴욕 던전'이 10위권에 올라왔다.

인터넷 뉴스 메인에도 블랙로브 관련 기사가 나타나기 시작했다.

〈뉴욕 롱비치 '토네이도' 던전은 어떤 곳?〉

〈블랙로브 어째서 미국에 간 건가?〉

〈블랙로브와 미국헌터 연합의 긴밀한 약속이 있었나?〉

이런저런 추측성 기사들이 올라오며 사람들의 관심을 끌고 있었다.

유정상은 메시지가 알려준 좌표의 인근에 도착했다.

뉴욕 롱비치와의 거리는 그리 멀지 않았지만 슬럼가처럼 조금은 낡은 건물들이 즐비해 있는 곳이다.

오래된 빨간 벽돌 건물들이 늘비한 동네.

이전에 거주하고 있던 사람들은 모두 이곳을 떠났는지 어디에도 인적은 느껴지지 않았다.

그런데 의아한 것은 외부로 보기에 전혀 던전이 존재하는 곳처럼 보이지 않는다는 것이었다.

근처에 던전 출입을 경고하는 표지판도 설치되어 있지 않아 더욱 의구심을 자아냈다.

유정상이 조금 더 돌아다녀 봐도 좌표의 위치 근처지만 던전의 모습은 보이지 않았다.

애초에 던전이라는 것이 있는 것인지도 의심스러운 상황.

가까이 가면 느낄 수 있었던 던전 에너지도 전혀 느껴지지 않는 곳이라 좌표의 오류가 아닐까 하는 생각마저 들었다.

"이곳이 맞는 건가?"

조금 의아한 표정으로 주변을 살핀다.

그리고 커서가 공중에 떠서 가리키는 방향을 다시 한 번 확인했다. 그런데…….

'아래?'

커서가 가리킨 쪽은 정면이 아니라 조금 아래 방향이었다.

잠시 황당한 표정으로 바닥을 내려다보던 유정상이 곧 주변을 살펴보았다. 그리고 그 근처에서 지하로 내려가는 맨홀 뚜껑 하나를 발견했다.

그것을 들어내고 안으로 몸을 밀어 넣은 후에 쇠로 만들어진 사다리를 타고 아래로 내려갔다.

지하 하수통로의 바닥에 내려서자 역한 냄새가 밀려든다.

발광석 하나를 꺼내 주변을 확인하고는 커서가 가리키는 방향으로 몇 걸음 걸었다.

오물이 흐르는 곳이었지만, 워낙 넓은 하수의 통로라 바깥부분으로 좁지만 발을 디딜 수 있을 만한 길도 나 있어 걷기에 불편함은 없었다.

그리고 곧 던전의 입구를 발견했다.

"헐. 바닥에 입구가 있는 건가?"

놀랍게도 오물이 흐르는 길이 모이는 위에 검은 포탈이 누운 채로 열려 있었다.

미묘한 위치에 만들어진 던전의 입구.

들어가기 위해선 필수적으로 폐수가 잔뜩 몰려드는 위치에 몸을 던져야 할 상황이다.

물론 포탈의 위치가 폐수보다는 조금 높으니 정확하게만 들어간다면 옷을 더럽히지는 않겠지만 말이다.

"뭐, 이런 던전도 있는 거겠지."

15

그렇게 말하고는 곧바로 점프해 그곳으로 뛰어들었다.

그리고 번쩍하는 느낌과 함께 새로운 장소가 눈앞에 펼쳐진다.

유정상이 발을 디디고 선 장소는 언덕이었는데 그 아래로는 아마존 같은 정글이 끝없이 펼쳐지고 있었다.

정글 사이사이로는 바위산들이 삐죽 솟아있는데다가, 저 멀리 위치한 화산에서는 용암이 분출되고 있었다.

마치 상상으로 그려놓은 선사시대의 배경처럼 느껴지는 곳이었다.

그 중 아주 먼 곳에 보이는 나무 한 그루가 무척 독특했는데 그 크기가 구름에 닿을 것 같이 거대했기에 던전의 어느 곳에 가더라도 보일 정도였다.

확실히 던전의 세계는 늘 새로웠다.

디스플레이를 확인해보니 던전의 등급은 3성급으로 표시됐다.

최근 7성급에서 주로 활동한 덕분인지 이제 3성급 던전은 심심한 느낌이었다.

그때 백정과 주코가 번쩍하며 모습을 드러냈다.

"삐이이이."

"주인, 반갑다."

"그래."

[미션]

　[현재 분실된 '마스터키'를 찾아 원래의 자리에 돌려놓
아라.]

　[마스터키는 '타라'가 가지고 있다.]

　[마스터키가 잘못 사용될 경우 새로운 차원의 통로가 만
들어질 수도 있고, 그로 인해 인류가 멸망의 길로 들어설
수도 있다.]

　[미션 실패 시 페널티는 없다. 다만, 그로 인해 인류멸망
이라는 재앙이 시작될 수도 있음을 명심하자.]

　[미션수행까지 남은 시간 48시간.]

　[미션에 도움을 줄 아이템이 주어진다.]

　인벤토리에 정보스크롤이 생성되었다.

　그것을 꺼내 실행시키자 화면 측면에 미션정보라는 창이
새롭게 떠올랐다.

　현재 유정상을 중심으로 반경 1km의 지도가 보이고, 더
불어 찾아야 할 존재의 모습도 사진으로 떴다.

　타라는 인간의 얼굴을 하고 있는 모습이었지만 귀가 큰
것이 특징인 엘프족의 여자였다.

　반짝이는 긴 은발머리를 뒤로 묶은 그녀는 활동에 용이
해 보이는 초록색 옷을 입고 있으며, 활을 주 무기로 사용
하는 것처럼 보였다.

　입체 영상으로 돌아가며 보여주는 모습이라 꽤나 자세

하게 얼굴을 확인할 수도 있었다.

"저 여자 엘프를 찾는 게 미션의 시작이겠군."

입체 사진을 세심하게 살피는 유정상.

확실히 엘프의 미모는 비현실적이다. 그 때문일까 미녀
라기보다는 성스럽다는 느낌에 가까웠다.

"이번 미션은 저 엘프를 잡는 거냐?"

주코 역시 엘프의 입체 영상이 보이는지 그렇게 물어왔다.

"정확하겐 저 엘프가 가지고 있는 마스터키를 빼앗는 거
지. 그리고 원래의 자리에 되돌려 놓는 거고."

"뭔가 너무 쉬워보여서 의심스러운 미션이네."

"이렇게 넓은 정글에서 엘프 하나를 찾는 게 쉬울 리가 없
지. 아무리 레이더 같은 지도가 주어졌다고 해도 말이야."

그렇게 말한 유정상이 디스플레이에 떠 있는 지도를 확
인했다.

그런데 그때 지도 한쪽 끝에 붉은 빛이 잠시 나타났다가
사라졌다.

"어?"

지도에 표시될 존재는 결국 하나밖에 없다는 걸 인식한
유정상은 곧바로 이네크의 걸음을 사용해 빠르게 이동해갔
다.

하지만 빠르게 그 자리까지 달려갔음에도 불구하고 붉은
표시는 지도상에서 발견되지 않았다.

"생각보다 굉장히 빠른데?"

"쳇! 저런 놈들은 몰이사냥을 해야 하는데."

"몰이사냥이라, 좋은 생각이야."

유정상이 자신의 말에 동의하자 주코가 약간 얼떨떨해했다.

"그, 그러냐?"

주코의 말에 곧바로 정글이라는 배경을 생각하며 그동안 잊고 있던 소환수들을 떠올렸다.

어차피 무언가를 찾는 것이 목적이라면 가장 알맞은 녀석들이 있다.

유정상은 바로 포인트 1,000점을 사용해 주걱턱 침팬지 500마리와 송곳 원숭이 500마리를 소환했다.

순간 번쩍하며 오랜만에 보는 반가운 녀석들이 사방에서 나타났다. 결코 작지 않은 덩치의 원숭이 녀석들이라 그런지 1,000마리라는 숫자가 어마어마하게 보였다.

"끼끼끼."

"우끼. 우끼."

유정상이 그들에게 엘프를 찾으라는 지시를 하자 그 많던 녀석들이 삽시간에 흩어진다.

현재 소환된 녀석들의 레벨은 평균 10 정도였기에, 최근 주로 소환했던 녀석들과 비교하면 너무 미약한 존재이긴 했다.

하지만 처음 녀석들을 얻을 때의 레벨이 6이었던 점을 고려하면 이놈들도 꽤나 강해진 것이다.

그리고 어차피 이곳은 3성급의 던전이고, 녀석들은 이 던전의 보스급 몬스터와 비견될 정도의 레벨이었기에 이곳에서 녀석들을 위협할 만한 몬스터는 없을 것이었다.

곧이어 유정상은 드레이크를 소환했다.

"카우우우우!"

던전의 수준에 맞지 않는 초강력 몬스터 드레이크가 소환되자 주변에 있던 하급 몬스터들이 사방으로 혼비백산했다. 특히나 비행 몬스터들의 경우엔 멀찌감치 달아나기 바쁘다.

유정상이 몸을 날려 녀석의 등에 올라타자, 드레이크가 거대한 날개를 퍼덕이며 공중으로 날아올랐다.

하늘로 날아오른 상태에서 다시 지도를 살폈지만, 반경 1km 내엔 타라의 존재가 잡히지 않는다.

그런데 잠시 후 몇 마리의 송곳 원숭이들이 누군가에게 습격을 당하고 있다는 사실을 느낄 수 있었다.

드레이크를 움직여 공격이 느껴지는 곳으로 이동한 유정상은 근처에 도달하자 바로 공중에서 뛰어내렸다.

그사이 몇 마리의 송곳 원숭이가 습격으로 인해 소환이 취소되었다.

지도에 표시되었던 장소에 도착해보니 싸움의 흔적이 보였고, 나무엔 수십여 발의 화살이 꽂혀 있었다.

"인간인가?"

"이 화살은 인간의 것이 아니다. 주인."

"정말이냐?"

"그래. 이건 엘프의 화살이다."

"엘프?"

그러고 보니 화살의 모양이 조금 독특하기는 했다. 헌터들 중에도 간혹 활을 사용하는 이들이 있었기에 유정상 역시도 화살의 모양은 익히 알고 있었다.

하지만 자신의 눈앞에 놓여 있는 화살은 그가 알던 것과는 상이했다.

특이하게 화살의 촉에 투명하면서 날카로운 돌을 사용했고, 화살의 깃 부분에는 붉은 깃털이 독특하게 꼬여 있는 모양으로 달려 있었다.

게다가 얼룩무늬의 얇은 줄이 감겨 있는 화살대의 구조는 유성상이 처음 보는 형태였다.

일단 박혀 있는 화살들을 커서로 모두 뽑아 인벤토리에 담았다. 이것도 어쩌면 박 노인에게 괜찮은 가격에 넘길 수 있을지도 모른다는 생각에서였다.

"주인, 우리가 찾던 그 엘프가 아닐까?"

주코의 말에 유정상이 고개를 흔들었다.

"화살을 이렇게나 많이 사용한데다가 발자국을 보아하니 한둘이 아닌 것 같다. 그러니까 최소한 혼자는 아니라는 거야."

"엘프가 사는 마을을 찾으면 우리가 찾고 있는 그 타라라는 엘프도 찾을 수 있을지 모르겠다. 주인."

"주코, 넌 일단 스캔마법으로 주변을 살펴. 그리고 백정도 인근을 살펴봐."

"알았다. 주인."

"삐이이이."

유정상의 명령을 받은 주코와 백정이 서로 반대방향으로 흩어졌다.

그리고 유정상은 다시 드레이크의 등에 올라타고 날아오른 뒤 지도를 살피며 이동했다.

그 사이 다시 원숭이들이 습격당한 사실을 느낀 유정상이 급히 그곳을 향해 이동했지만, 이번에도 비슷한 흔적만을 발견했을 뿐 녀석들의 모습을 발견하지는 못했다.

"재빠른 놈들이네."

그렇게 생각하고 있던 순간 주코에게서 신호가 왔다.

자세한 내용을 알 수 없는 간단한 방식의 신호였지만 그 위치를 확인하는 건 어렵지 않았다.

가까운 장소라는 것을 확인한 유정상은 이네크의 걸음을 최대한 발휘해 빠르게 이동했다.

유정상이 장소에 도착하는 모습을 확인한 주코가 손가락으로 숲을 가리키며 소리쳤다.

"저쪽이다. 주인!"

이내 유정상의 신형이 빠르게 나무사이를 달려갔다.

몇 녀석이 다급하게 도망치고 있는 것이 유정상의 감각에 걸려들었다.

그런데 나무들이 유정상의 움직임을 미묘하게 방해하는 듯한 기분이 들었다.

이렇게 된 이상 놓칠 수는 없는 일.

타타타탓.

레벨이 126이 되면서 이네크의 걸음의 숙련도 역시 높아진 덕분에 빠른 속도로 녀석들에게 다가가고 있었다.

그때 날카로운 파공음과 함께 정체모를 물체가 유정상을 향해 날아들었다.

슈슛.

휙.

엘프의 화살공격이었다.

화살이 카운터 공격처럼 허점을 노리고 정면으로 날아들었지만, 유정상은 가볍게 주먹을 휘둘러 그것들을 쳐 냈다.

뒤이어 수십 발의 화살이 연달아 날아들었음에도 유정상에게는 그저 장난감에 불과하게 느껴질 뿐이었다.

추격을 저지하기 위해 남아 있던 녀석들은 가뿐히 무시하고 선두에서 도주 중인 무리를 향해 더욱 속력을 높였다.

희생양으로 남긴 녀석들이야 어차피 자르고 달아날 꼬리 같은 존재들임을 감지한 유정상은 이왕 녀석들의 흔적을 발견한 이상 최소한 우두머리는 잡아야 한다고 판단한 것이다.

슈슈슛.

파팟.

빠르게 다가갈수록 더욱 위협적으로 사방에서 날아드는 화살들.

그러나 가벼운 손짓 한 번에 힘을 잃은 화살들은 힘없이 떨어져 내렸고, 결국 다급히 도망가는 몇 명의 녀석들이 시야에 들어왔다.

유정상이 속도를 더욱 올리자 도망치던 몇 녀석이 몸을 돌려 공격해 들어왔다.

세 놈의 엘프들이 검과 창을 이용해 덤벼들었지만 유정상은 가볍게 그 공격들을 피해내고는 앞서 달려가는 녀석을 향해 몸을 날렸다.

당황한 엘프들이 다급했는지 유정상을 저지하기 위해 자신들의 무기까지 던지며 저항했다.

하지만 화살에 비해 느려터진 공격으로 그를 막아낼 수 없었고, 가볍게 피해 낸 유정상은 마지막 남은 두 녀석을 바짝 추격했다.

그러자 다시 한 놈이 몸을 돌려 유정상을 향해 창을 내질렀다.

이제껏 공격을 회피할 뿐, 반격하지 않던 유정상이 이번엔 엘프의 창을 슬쩍 피해내고는 주먹을 내질렀다. 이놈은 다른 놈에 비해 제법 예리한 공격을 가하는 놈이라 판단한 것이다.

퍼억.

"크악!"

녀석이 유정상의 주먹에 날아가는 것을 확인하고는 마지막 남은 녀석을 빠르게 쫓았다.

그리고 그때 도망치던 마지막 녀석이 나무 위로 도망가기 위해 도약하려던 순간 예상하지 못한 일이 벌어졌다.

엘프의 발밑이 푹하고 꺼져 버린 것이다.

"크앗!"

당황한 녀석이 구덩이에 빠지려는 순간 녀석의 몸이 커서에 붙들려 공중으로 들어올려졌다. 그리고 녀석의 근처에 날아든 드레이크가 녀석에게 사나운 얼굴로 입을 벌렸다.

"카아아아!"

"아아악! 살려줘!"

커서에 잡힌 엘프가 비명을 지른다.

그 때문에 엘프들이 사나운 기세를 뿌리며 빠르게 모여들었다.

"계속 다가오면 삼켜버리라고 할 테다!"

가볍게 오른손을 치켜든 유정상이 소리치자 그 순간 주변에 몰려들던 엘프들이 움직임을 멈추었다.

엘프들이 분한지 씩씩거리며 유정상을 향해 노려본다. 방금 땅속 구덩이를 만들었던 백정이 땅속에서 튀어나와 공중에서 날개를 퍼덕거린다.

은신마법을 펼친 채 근처에서 이들을 지켜보고 있던 주코도 슬쩍 모습을 드러냈다.

엘프들의 시선이 공중에 떠 있는 어린 엘프에게 고정되어 있던 그때, 비단처럼 보이는 재질의 녹색 옷을 입은 엘프 사내 한 명이 나서며 유정상에게 소리쳤다.

"넌, 아까 그 괴물 원숭이들의 두목인가?"

다른 녀석들에 비해 제법 건장해 보이는 체형이었다.

"두목이라니, 그런 저렴한 말은 듣기가 거북하네. 그냥 녀석들의 주인으로 해두지."

"목적이 뭐냐?"

그 말에 금방 대답하지 않은 유정상이 커서에 잡혀있던 엘프를 올려다보았다. 아직 어려보이는 남자 엘프였는데 이렇게 인질로 잡히는 상황은 처음인지 꽤나 두려워하는 눈치였다.

"물어볼게 있다."

"내가 먼저 물었다."

"너희들에겐 그럴 권리가 없어. 인질은 내 손에 있으니까."

"와, 많이 사악해졌구나. 주인."

"시끄럿!"

중요한 인질이 붙잡혀 있음에도 여전히 자신의 주위를 포위하며 활을 겨누고 있는 엘프들을 확인한 유정상이 피식 웃었다.

"한 발이라도 발사하면 이 녀석은 한순간에 먹혀 버릴 거야. 물론 그딴 활로는 내게 어떠한 상처도 낼 수 없다는 것쯤은 이미 경험해봤으니 잘 알 테고."

그 말에 앞에 나섰던 엘프가 손짓을 하자 모두 활을 거두었다.

그러고 보니 앞에 나선 녀석과 인질이 된 어린 엘프를 제외하면 모두 여성 엘프였다. 엘프에 대해 아는 게 없던 유정상은 조금 의아해 하긴 했으나 그뿐이었다.

"너희들 혹시 타라라는 엘프에 대해 아는 게 있나?"

그 말에 엘프 사내가 움찔거렸다.

유정상의 목소리를 들은 인근의 엘프들도 미묘하게 반응하는 느낌이었다.

확실히 이 녀석들과 관계가 있는 게 틀림없었다.

"왜 타라를 찾는 거지?"

엘프가 경계하는 눈빛으로 되묻자 어깨를 으쓱해 보였다.

"개인적인 용무가 있거든."

"설마, 그 용무라는 게 마스터키인가?"

"오호, 이거 뭔가 일이 쉬워지는 것 같은데. 맞아. 난 그게 필요하거든."

그 말에 뭔가 묘한 표정이 되어 버린다.

"우리도 그 때문에 타라를 찾고 있는 중이다."

"뭐?"

유정상의 표정이 일그러졌다.

일이 좀 쉽게 풀릴 거라는 예상이 보기 좋게 빗나가 버린 것이다.

"너희들이 숨겨두고 있는 거 아니야?"

"타라는 마스터키를 훔쳐 문제를 일으키고 있다. 그래서 우리도 그녀를 찾아야만 한다. 그리고 그 마스터키는 너에게 줄 수 없다."

유정상도 개인적으로 마스터키를 사용할 생각은 없다. 애초에 마스터키가 어떻게 생겼는지도 모를뿐더러 무엇에 사용하는 물건인지도 모르는 판에 그런 것에 욕심을 가질 리가 없다. 그저 미션일 뿐이고, 인류멸망이 일어날지도 모른다는 내용 때문에 반드시 찾아야 할 뿐이다.

"당신이 마스터키를 원한다는 사실을 안 이상 살려둘 수가 없다."

엘프 남자의 말에 다시 주변에서 유정상을 향해 활을 겨누었다.

"저 애 죽어도 상관없는 거야?"

"마스터키가 외부인의 손에 들어가면 부족이 위험해진다. 어쩔 수 없는 희생이지."

하지만 그런 엘프의 말에도 유정상은 태연했다.

"이거 참 곤란하네. 너희들이 지금 날 협박할 상황이 아닐 텐데?"

유정상의 말과 함께 그들 주위에 나타난 엄청난 숫자의 원숭이 몬스터 무리들.

이미 완전히 포위되었음을 파악한 엘프들의 표정에 당혹감이 물들었다.

주변을 확인하며 한껏 긴장한 얼굴이 된 엘프 사내가 입술을 깨물더니 유정상을 노려보았다.

　"마스터키를 어디에 사용할 작정으로 그녀를 찾는지 물어봐도 되겠나?"

　"개인적으로 사용하기 위해 찾는 건 아니다."

　"그럼 어째서⋯⋯?"

　"자세한 사정은 이야기 해줄 수 없지만, 분명한 건 마스터키를 원래의 장소로 되돌려 놓을 거라는 사실이지."

　"그게 정말인가?"

　"그래."

　유정상의 대답에 갑자기 엘프들의 표정이 확 풀렸다.

　조금 전까지만 해도 죽음을 각오한 것처럼 비장해 보이던 놈들이 어둠속에서 희망의 불빛을 본 것처럼 밝아진 것이다.

　"우리도 마스터키를 원래대로 돌려놓기 위해서 그녀를 찾고 있다."

　"그럼 자세히 들어볼까?"

　"그⋯⋯ 그 전에 인질로 잡고 있는 그분을 풀어주길 바란다."

　그의 말에 유정상이 잠시 잊고 있었다는 듯 고개를 끄덕이고는 커서를 내려 엘프 사내아이를 놓아주었다. 어차피 대화를 하기 위해 잡은 녀석이지 뭘 어쩌려는 게 아니었다.

어린애를 인질로 계속 잡고 있는 건 유정상으로서도 불편한 일이었으니까.

엘프 사내가 아이에게 다가가 몸을 살핀다.

아이는 대략 초등학교 6학년이나 중학교 1학년 정도로 보이는 외모였다.

그때 주코가 유정상에게 다가와 엘프의 수명이 700년 이상임을 설명해 준다.

그러자 외모만으로 나이를 짐작할 수 없다는 것을 이번에도 또 한 번 배울 수 있었다.

그것보다 긴 수명이 부럽기도 했고.

잠시 후 오해를 풀게 된 그들이 서로 이런저런 이야기를 나누었다.

엘프 사내는 자신의 이름이 크루라고 밝혔다.

유정상이 블랙로브를 입고 있는데다가 음산한 목소리였지만 엘프들은 인간과는 달리 겉모습에 연연하지 않았다.

사악한 기운을 잘 느끼는 종족의 특성 때문인지 처음부터 유정상을 그렇게 경계하지는 않았던 것이다. 다만, 갑작스럽게 그들을 추격해 온 탓에 상황이 조금 험악해진 것이다.

아무튼 유정상이 인질로 잡았던 소년의 경우엔 부족장의 아들로 경험을 쌓기 위해 이번 수색작전에 따라 나섰다는 이야기도 들었다.

하지만 나이가 어려서 그런지 부족장의 아들치고는 조금 유약한 성격으로 보였다.

아무튼 크루는 지금의 상황에 대해 설명해 주었는데 그 내용을 간략하게 말하면 이렇다.

엘프 부족은 이 숲에서 자리를 잡은 지 수천 년이 되었고, 그동안 평화롭게 살아왔다고 한다. 그건 그들이 자연과의 조화를 우선시하는 종족이기도 했지만 그보다는 사악한 존재가 침투할 수 없는 숲의 강력한 결계 덕분이라고 했다.

그 결계의 힘은 수호나무의 지하에 묻혀 있는 영혼석으로부터 나오고 있었다.

영혼석이라는 것은 '수호자의 가호'라고 불리며 엄청난 힘을 내장하고 있는 돌인데, 어느 날 갑자기 그 힘을 봉인하고 있던 마스터키가 사라져 버린 것이다.

그 이후 사악한 기운을 가진 존재들이 나타나기 시작했고, 이대로 가면 조만간 대규모의 전쟁이 벌어질 것이라고 미래를 읽는 주술사가 말했다.

그 마스터키를 훔친 자가 타라라는 사실이 나중에 밝혀져 모두 서둘러 그녀를 찾기 위해 나선 것이다.

"평소에도 부족에서 꽤나 따돌림을 받아왔으니 욱하는 마음에 이런 짓을 저질렀을지도 모른다."

"나야 이곳 사정을 모르니 그런 건 모르겠고, 다만 타라라는 그 여자 엘프를 빨리 찾는 게 어쨌건 너희들에게도 중요한 일이라는 거군."

"그렇다."

결국 유정상이나 엘프들이 처한 상황이 비슷해 보였다.

그리고 목적도 같으니 같이 협력하는 게 현명할 듯 했다.

일단 그들이 있는 장소야 수호나무라고 부르던 그 거대한 나무 근처일 테니 그곳을 중심으로 흩어져서 타라를 찾는 것에 집중하면 될 것 같았다.

이미 시간을 제법 지체했기 때문에 유정상은 크루의 설명을 듣는 동안에도 마음이 조급해졌다.

그런데 그때 지금까지 계속 주변으로 흩어져 수색을 벌이던 원숭이들로부터 신호가 왔다.

이번에도 누군가와 싸움이 벌어진 모양이었다.

혹시 타라의 흔적을 발견한 것인지도 모른다는 생각에 유정상은 빠르게 그 장소를 향해 이동했고, 50여명의 엘프 무리도 유정상을 따라 이동을 시작했다.

그리고 장소에 도착하자 생각하지도 못한 대규모의 싸움이 목격되었다.

"카아아아!"

"우끼끼끼끼!"

십여 마리의 송곳 원숭이들이 그 수가 열배 이상은 되어 보이는 고블린들과 전투를 벌이고 있었다.

상대적으로 적은 숫자에도 불구하고 월등한 레벨 덕분에 겨우 버텨내고는 있었지만, 압도적인 수의 고블린들에게 포위된 탓에 몇 마리의 송곳 원숭이들은 이미 역소환 되었고 제법 큰 부상을 당한 녀석들도 눈에 들어왔다.

그때 백정이 빛의 쌍검을 뽑아들고는 전장으로 뛰어들더니 순식간에 대다수의 고블린들을 토막 내 버리기 시작했다.

주코는 그런 백정의 모습을 느긋하게 바라보며 '그렇지. 그래. 그렇게 하는 거야.' 라고 중얼거리며 고개를 끄덕였다.

그리고 압도적인 무쌍을 선보인 백정이 일거에 백여 마리의 고블린들을 토막 내 버리자 싸움은 금방 마무리가 되었다.

워낙 레벨차이가 극심해 백정 하나만으로도 압도적인 몰살이 가능했던 것이다.

조그마한 덩치에도 불구하고 놀라운 활약을 펼친 백정이 무슨 일이 있었냐는 듯 귀여운 표정을 지으며 유정상의 곁으로 되돌아오는 모습을 본 엘프족들의 표정이 경악으로 물들었다.

그런 엘프들의 시선은 상관없다는 듯 신경 쓰지 않고 주변을 둘러보던 유정상은 다른 엘프들과 다른 의미로 심각한 표정을 짓고 있는 크루를 발견했다.

아마도 갑자기 등장한 고블린 무리 때문에 뭔가가 떠올랐으리라. 그리고 유정상의 시선을 느낀 크루.

그리고 그가 잠시 미간을 찌푸리다 입을 열었다.

"수호자의 가호가 약해지고 있다. 시간이 얼마 없어. 이 고블린 녀석들은 그저 선발대에 지나지 않아."

"이 녀석들을 알고 있는 건가?"

"호시탐탐 이 숲을 노리는 녀석들이지. 숲 너머의 황량한 땅에 살고 있는 놈들로, 늘 이 숲에 진입하려 했었다.

하지만 수호자의 가호를 받는 숲이라 이제껏 침략을 해오지 못하고 있었는데, 벌써 이곳까지 들어왔다는 건 숲의 기운이 그만큼 약해졌다는 뜻이겠지. 일단 부족에 기별을 넣어야 할 것 같다."

그렇게 말한 크루가 자그마한 새 한 마리를 불렀다.

오색 빛깔의 신비스러운 조그마한 새가 크루의 어깨에 가볍게 내려앉았다.

그것을 확인한 크루가 새에게 조용하게 무엇인가를 속삭인다.

언어 같기도 하고, 바람소리 같기도 한 신비한 소리.

그런데 크루의 이야기를 들은 새가 알아들었다는 듯 고개를 끄덕이고는 곧바로 하늘을 향해 날아올랐다.

푸드득.

그것을 바라보던 크루가 따라 온 대다수의 엘프들을 이곳에 두고는 적의 침입으로부터 숲을 방어하게 했다.

하지만 고블린 선발대의 숫자가 500마리 정도였음을 생각해보면, 뒤이어 다가올 본대를 겨우 50명 남짓한 엘프 궁수만으로 저지한다는 건 불가능했다.

곧바로 유정상은 200명의 드루이드와 드루킹을 소환해 이곳을 방어하라는 명령을 내렸다.

"알겠습니다."

유정상의 말에 드루킹이 고개를 숙인다.

하나하나가 강렬한 기세를 내뿜는 드루이드를 200명이나 소환한 것도 모자라 그들을 압도하는 드루킹의 강력한 기세에 크루는 경악했다. 그리고는 '예언이 사실인가?'라는 알 수 없는 말도 중얼거렸다.

하지만 그런 것에 일일이 신경 쓸 여력이 없던 유정상은 곧바로 타라라는 엘프를 찾기 위해 다시 이동을 시작했다. 크루도 그런 유정상을 따라 나섰다.

드레이크의 경우엔 너무 눈에 띄어 멀리서도 보고 도망갈 수 있다는 생각에 소환을 취소했고, 대신 나무와 나무사이를 빠르게 뛰어다니며 이동을 했다. 사이사이 지도를 확인하기도 했고, 가끔씩 소환수들이 전해오는 상황을 체크하기도 했다.

그러는 사이 지도에 다시 붉은 점이 나타났다.

"찾았다."

유정상이 그렇게 말하며 빠르게 붉은 점이 보이는 방향으로 이동하자 크루도 그를 따라붙었다. 과연 숲의 종족답게 숲에서의 기동력은 나쁘지 않았다. 그런데 이번에도 숲의 느낌이 이상하다. 마치 길을 열어주려는 것 같은 나무들의 움직임. 아마도 뒤를 따르는 크루의 영향일 것이다.

아무튼 그렇게 유정상이 지도에 나타난 장소로 빠르게 이동해가자 붉은 점의 존재도 뭔가를 느낀 것인지 재빨리 그곳을 벗어나기 시작했다.

'눈치 챈 건가?'

어쩌면 그저 우연일수도 있다.

하지만 그렇더라도 이번만큼은 절대 놓칠 수 없었다. 이 넓은 정글지대에서 그녀의 흔적을 찾는 것은 쉽지 않으니 이번에 놓친다면 언제 다시 찾을 수 있을지 기약할 수 없기 때문이었다.

다급해진 유정상이 이네크의 걸음을 극성으로 발휘하며 그 흔적을 따라 이동해가자 엘프인 크루도 더 이상은 따라붙지 못하고 점차 뒤처지기 시작했다.

그 상태에서 유정상이 붉은 점 근처까지 다다랐다.

그리고 도착한 곳에서 커다란 바위를 깎아서 만든 거대 조각상을 발견했다.

한쪽 팔로는 활을 들고, 다른 팔로는 투구를 든 채 어딘가를 향해 거만한 표정으로 바라보는 긴 머리의 사내. 엘프 전사로 보이는 조각상은 이미 오랜 세월을 견딘 탓인지 여기저기가 닳아 있었고, 구석구석 이끼가 끼어 있었다.

유정상이 근처로 다가가서 살펴보니 높이가 대충 4미터 정도 되어 보인다.

그런데 그 주변을 살피다 발밑에 뭔가 흔적이 남아 있는 것을 발견했다.

자칫하면 무심코 지나칠 수 있을 정도로 교묘하게 위장된 흔적이었지만, 미세한 마나의 흐름이 감지되어 유정상에게 발각된 것이다.

정체를 파악하기 위해 커서를 그곳에 가져다 대니 정보가 아니라 예상하지도 못했던 푸른빛의 마법진 하나가 떠올랐다.

"……?"

그런데 곧바로 그 마법진이 실행되면서 하얀 빛이 회전하기 시작했다. 그리고 조각상의 발밑에 암흑의 구멍이 생겨났다.

어느새 따라온 백정과 주코, 그리고 크루.

암흑의 구멍을 보고는 주코가 잔뜩 찌푸린 표정으로 한마디 했다.

"기분 나쁜 구멍이다. 주인, 설마 들어갈 생각이냐?"

"글쎄?"

유정상 역시 선뜻 판단이 서지 않았는지 암흑의 구멍에 커서를 가져가 정보를 확인했다.

[정의되지 않은 혼돈의 장소.]

[마스터키가 현재 이곳에서 감지된다.]

정의되지 않은 혼돈의 장소.

무슨 뜻일까?

잠시 머뭇거리는 유정상.

주코도 뭔가 불안한지 투덜거리며 물었다.

"뭐야? 진짜 들어가야 하는 거야?"

"어쩔 수 없잖아. 마스터키가 안에 있다고 커서가 이야기하는데……."

하지만 주코와 유정상의 대화 내용을 이해하지 못한

크루가 미간을 찡그린다. 그리고는 대충 짐작으로 물었다.

"지금 무슨 이야기를 하고 있는지 이해하긴 힘들지만, 어쨌건 이 구멍 속에 타라가 있다는 이야기겠지?"

"아마 그럴 거다."

"그럼 나도 따라 들어가겠다."

"넌 약해서 죽을 거다. 엘프."

주코가 어이없다는 표정으로 말했지만 크루는 그런 주코의 말은 들은 채도 하지 않고 유정상을 바라보며 다시 한번 말했다.

"우리 부족의 일이다. 난 꼭 가야만 한다."

크루가 고집스런 표정으로 말하자 유정상이 고개를 가볍게 끄덕였다.

"그래. 그럼."

"어이, 주인. 이런 약해빠진 녀석을 데려가서 어쩌겠다는 거야?"

"도움이 될지도 모르잖아."

"저런 놈이 무슨 도움이 돼!"

그 말에 자존심이 상했는지 크루가 인상을 썼다.

"나도 내 몫은 충분히 할 수 있다."

"그러시겠지. 약해빠진 주제에."

"뭐?"

"그만!"

"저런 놈은 빼야해. 주인."

"입 다물지?"

"……넵!"

척.

제일 먼저 암흑의 구멍에 들어섰던 유정상이 어두운 터널과 같은 지역을 통과한 후 바닥에 내려섰다.

그리고 뒤따라 들어온 크루와 소환수들.

"얼레? 여긴 도대체 어떤 곳이지?"

주코가 입을 벌린 채 놀랍다는 듯 사방을 두리번거렸다. 물론 주코뿐만 아니라 유정상과 크루, 백정도 신기하기는 마찬가지였다.

그들 앞에 펼쳐진 끝없는 거대 구조물에 앞도당한 탓이었다.

마치 현대의 거대 빌딩 모양을 닮은 엄청난 크기의 구조물들이 전후좌우 할 것 없이 사방에 늘어서 있었기 때문이었다.

물론 현대 건물처럼 출입구나 창문이 있는 게 아니라 그저 높은 직육면체 돌조각 같은 느낌이 강했지만 그럼에도 그것들이 눈앞에 보이는 것만 수백, 아니 수천은 넘어보였다.

바닥에 서 있는 그들로서는 한꺼번에 얼마나 많은 숫자가 있는지 파악하기는 힘들었기에 더욱 많은 것처럼 느껴졌다.

"도대체 이것들은 죄다 뭐지?"

크루도 이런 건 처음 보는지 여전히 경악한 얼굴로 중얼거리듯 말했다.

하지만 유정상은 신기한 배경보다는 붉은 점이 이동하는 모습이 지도에 포착되어 있다는 것을 확인하고는 빠르게 이동을 시작했다.

그러자 주코와 백정이 곧바로 그를 따라 나섰고, 뒤늦게 크루도 그 뒤를 따랐다.

그렇게 빠른 속도로 붉은 점의 방향을 확인하며 이동해가는데 근처에 있던 거대한 구조물의 귀퉁이가 떨어져 나갔다. 그리고 그 조각이 서로 엉키며 뭔가로 변해 갔다.

짧은 순간 사각형의 모양들이 잔뜩 모여 만들어진 것처럼 보이는 3미터 가량의 거인 조각이 만들어졌다.

쿵. 쿵. 쿵.

마치 거대한 레고 조각으로 만들어진 인간형의 골렘과도 같은 느낌이랄까. 독특한 모습의 몬스터가 유정상의 일행 쪽으로 빠르게 덤벼들었다.

유정상은 곧바로 주먹 기파를 쏘아 녀석의 가슴에서 충격을 퍼뜨렸다.

그러자 말 그대로 장난감 레고 조각들처럼 블록들이 흩어지듯이 녀석의 전신이 사각형의 조각들로 부서져 내렸다. 하지만 일정한 형태로 부서졌던 조각들이 다시 달그락거리기 시작했다.

커서로 녀석의 존재를 확인해보니 이름은 '코드골렘'이라고 떴다.

"코드골렘이라, 어쨌건 자동 조립이 되는 형태의 골렘이라는 거군."

단순한 공격으로도 에너지만 소모할 뿐이다.

그래서 유정상은 그 자리에 폭격펀치를 시전했다.

콰가가가가가.

조각난 골렘 위로 폭격펀치가 떨어져 내리자 사각형의 조각들이 산산이 부서져나가기 시작했다.

그리고 완전히 형체를 잃어버리자 더 이상 움직임은 보이지 않았다.

"주인, 처음 보는 형태의 골렘이다."

주코가 호들갑을 떨며 소리친다.

그런데 상황을 지켜보던 크루의 표정이 뭔가 알고 있는 듯 티가 날 정도로 굳어있다. 유정상이 그를 쳐다보자 그 시선을 느낀 크루가 설명했다.

"저 놈, 오래전에 부족을 습격한 적이 있는 녀석이다."

"오래전?"

"400년 전쯤 일 거다. 본 기억이 있어."

"이거…… 우리들 같으면 역사책을 뒤적거려야 찾을 수 있을 정도로 옛날이군."

"인간은 수명이 짧으니까."

"너희들이 지나치게 긴 거지."

쓸데없는 잡소리를 끝내고 그는 코드골렘이 부족을 침범했던 이야기를 시작했다.

"그때도 모종의 일로 마스터키를 잠시 분실했었다. 이어서 영혼석의 제어가 불가능해지고 숲의 결계가 약화되자 갑자기 마을에 저 골렘이 들이닥친 일이 있었다. 그 때문에 부족마을 대부분이 파괴되었고, 엘프전사 100여명이 전사했으며, 부족민도 50명이나 잃었다. 나중에서야 마스터키의 실종이 외부인에 의한 짓임을 깨달았고, 그 이후로는 외부인과의 교류를 완전히 끊었지. 그런데 저 무시무시한 골렘이 이곳에서 생겨나고 있었는지는 몰랐다."

꽤나 놀란 얼굴로 이야기하다 다시 유정상을 돌아보며 감탄을 토한다.

"저런 괴물 골렘을 이렇게 간단히 처리하다니."

뭔가 허무한 것처럼 보이는 크루의 얼굴이었다.

다섯 기의 코드골렘을 막아내기 위해 부족 최고의 전사 100명과 주민 50명을 잃어가며 싸워야 했던, 마치 자연재해와도 같았던 놈을 너무도 간단히 파괴해 버렸으니 그의 입장에서는 허무하게 느껴질 수도 있을 것 같았다.

하지만 유정상은 그런 세세한 것은 살피지 못하고 그저

지도의 붉은 점이 아직 이동 중이라는 것을 확인하고는 다시 그 자리를 벗어나 빠르게 이동했다. 그 때문에 크루도 정신을 차리고 유정상의 뒤를 쫓았다.

붉은 점이 어느 순간 완전히 멈추었다는 사실을 확인했다.

"거의 다 왔다."

유정상이 그렇게 말하는 사이 다시 거대 구조물의 귀퉁이들이 떨어져나가기 시작했다.

이번에는 조각들의 숫자가 많아졌다.

그리고 그 조각들이 코드골렘으로 변해갔다.

"젠장, 또냐?"

짜증 섞인 음성의 유정상이 그것들을 무시하며 더 빠르게 이동했다.

바로 코앞에 붉은 점이 보이고 있는데 이런 곳에서 골렘들과 싸우고 있을 틈이 없었다.

유정상이 지나치는 모든 구조물의 귀퉁이가 떨어져나간다.

하지만 그것들을 모두 무시하고 달려갔다.

그리고 어느 순간 눈앞에 하얀색의 거대한 원기둥이 겹겹이 쌓여 있는 것 같은 구조물이 보이는 장소가 나타난다.

마치 빌딩숲 사이에 있는 거대한 예술 조각품을 보는 것 같은 느낌이랄까.

독보적인 하얀 광채를 뿌리는 그것의 아래로 인영 하나가 보인다.

붉은 점의 위치와 동일한 장소에 있는 인영, 타라라는 엘프가 틀림없었다.

"타라!"

그것을 뒤늦게 확인한 크루가 크게 소리쳤지만 상대는 전혀 반응하지 않는 모습이다.

"타라!"

한 번 더 외쳤음에도 이번에도 역시 아무런 반응이 없었다.

그사이 그들 주위로 몰려들기 시작하는 코드골렘.

저 녀석들과 싸움을 시작하면 한동안은 몸을 뺄 수 없을 것이 분명했다.

그런데 타라라고 여겨지는 엘프가 있는 장소 주위로 접근을 막는 반투명의 막이 보인다.

유정상은 급한 마음에 바로 주먹을 들어 그곳을 향해 강하게 내질렀다.

콰아앙.

그러나 반투명 막에 의해 차단당하는 주먹 기파.

"젠장, 막혀 있어."

어쩔 수 없이 발을 멈추고는 유정상이 몸을 돌렸고, 백정과 주코는 공중으로 날아오른다.

덩달아 멈추어 선 크루도 몸을 돌려 빠르게 자신의 활을 꺼내 들고는 시위에 화살을 걸었다. 그리고 한 치의 망설임 없이 화살을 코드골렘을 향해 날렸다.

팟.

터엉.

화살이 코드골렘 한 기의 몸에 부딪치자 블록 몇 조각이 떨어진다. 그러나 곧 그 블록들이 코드골렘의 몸에 다시 달라붙었다. 자신의 활이 전혀 먹히지 않는다는 사실에 이를 악무는 크루, 하지만 어느 정도 예상은 하고 있었다.

그사이 유정상은 재빨리 군주 포인트를 확인했다.

[이곳에서는 군주 포인트의 사용이 불가합니다.]

"뭐야?"

설마 군주 포인트를 사용하지 못할 거라고는 생각지 못했다. 그 때문에 잠시 당황하기는 했지만 어느새 코드골렘들이 몰려들고 있었기에 유정상은 곧 녀석들을 향해 폭격펀치를 시전했다.

콰가가가가가가.

다가오던 세 놈이 그 폭격에 휩쓸려 부서져 나갔다.

코드골렘의 방어력을 초월한 파괴적인 힘이라 그런지 쓰러진 놈들은 더 이상 몸을 복구시키지 못했다. 그리고 계속 사방에 폭격펀치를 시전하기 시작했다.

콰가가가가가가가.

콰가가가가가가가.

다가오던 놈들이 폭격펀치에 휩쓸리며 주저앉더니 그대로 전신이 파괴되어 버린다.

그렇게 연달아 수십여 번의 폭격펀치를 사용했지만 코드 골렘의 숫자는 전혀 줄어들고 있지 않았다. 아니, 오히려 계속 늘어만 가고 있었다.

지상에서의 싸움은 불리하다는 생각에 이번엔 드레이크를 소환했다.

[소환이 불가합니다.]

그런데 드레이크마저도 소환할 수가 없었다.

유정상도 순간 난감해졌다.

마나소모가 적지 않은 폭격펀치를 사용하며 이런 식으로 계속 버틸 수는 없으니 당연한 일이었다. 새롭게 익힌 폭렬우도 마나가 많이 사용되는 기술이라 폭격펀치를 사용하는 것과 별반 다르지 않을 것이다.

짧은 고민 끝에 이번엔 황금검을 인벤토리에서 꺼내 우타슈를 불렀다.

그러자 드루이드들이나 드레이크와는 달리 우타슈는 소환이 가능했다. 우타슈는 군주 포인트를 사용하는 소환수도 아니었고 드레이크처럼 외부에서 불러들이는 녀석도 아니다. 아마도 검속에 봉인되어 있던 상태라 불러들이는 것이 가능한 모양이었다.

물론 주코와 백정의 경우엔 소환이라는 것을 거치지 않고 이곳에 따라 들어왔기 때문에 이곳에서 존재할 수 있었던 것이다.

빛나는 황금 갑옷을 입은 우타슈가 몸을 드러내자마자 코드골렘을 향해 검을 휘두르기 시작했다.

콰아아앙.

쾅.

퍼퍼펑.

우타슈의 검이 한 번 휘둘러질 때마다 코드골렘 서너 기가 한꺼번에 부셔져 나갔다. 그리고 얼마나 강한 타격을 받은 것인지 부서진 코드골렘의 파편들은 바로 연기처럼 흩어져 사라졌다.

현란한 검술이 펼쳐질 때마다 한꺼번에 몇 기씩 소멸할 정도로 우타슈의 검술은 그야말로 발군이었다. 하지만, 코드골렘의 숫자는 어찌된 영문인지 줄어들 기미가 보이지 않았다.

아직은 압도적인 전력으로 놈들을 소멸시킬 수 있었지만 이것도 한계가 있는 법.

유정상은 일단 싸움은 우타슈에게 맡기고 얇은 보호막을 뚫기 위해 연속의 기파를 날리기 시작했다.

콰강. 콰가가가강.

그러나 유정상의 공격에도 꿈쩍도 하지 않는 반투명의 막.

그 안에선 여자 엘프가 이리저리 바쁘게 움직이며 뭔가를 하고 있는 모습이 보인다.

반투명의 실드 밖에선 엄청난 싸움이 일어나고 있음에도 저 여자 엘프는 무슨 일인지 분주하게 움직이고 있었다. 그 모습에 유정상이 인상을 잔뜩 찌푸렸다.

그리고 같이 들어왔던 크루가 실드를 두드리며 그녀 이름을 불렀지만 여전히 들리지 않는 것인지 아니면 못들은 채를 하는 것인지 계속 자신의 일에만 몰두하고 있었다.

"주인, 골렘이 너무 많다."

주코가 소리치자 유정상이 돌아보니 우타슈는 이미 골렘의 무리 속으로 들어가 보이지도 않는 상황이 되었다. 물론 여기저기에서 골렘들이 마구 폭발하는 모습을 보면 아직 건재하다는 것은 알 수 있었지만 앞으로 얼마나 더 버틸지는 미지수다.

유정상은 답답한 마음에 혹시 약점은 없는지 찾아보기 위해 커서를 가져가 골렘을 붙들었다.

그런데…….

어찌된 영문인지 너무 쉽게 붙잡히며 딱 멈춰 버리는 코드골렘.

마치 무게가 없는 것처럼 아무런 저항감도 느껴지지가 않았다.

그리고 코드골렘을 커서로 붙잡았다가 놓는 순간 놀랍게도 녀석은 흙으로 만들어진 동상처럼 바스러지기 시작했다.

"어?"

순간 무슨 이유에서인지는 몰라도 녀석들이 커서에 취약하다는 것을 인식하고 유정상은 곧바로 한꺼번에 드래그해서 지정하고는 클릭했다.

그러자 지정된 수십여 기의 코드골렘이 허무할 정도로 순식간에 부서져 나갔다.

퍼퍼퍽.

해답을 찾은 유정상이 커서로 빠르게 드래그해서 한꺼번에 지정하며 부서트려 나가니 그제야 조금씩 숫자가 줄어들었다. 그러나 아직 몰려드는 코드골렘의 숫자는 많고도 많았다.

커서를 이용해 코드골렘을 쉽게 퇴치하자 여유가 생기긴 했지만, 그렇다고 지금처럼 무식하게 전투를 지속할 수는 없었다. 방안을 모색하기 위해 고민을 거듭하던 유정상은 코드골렘이 거대한 구조물에서 분리해 나오고 있다는 것에 생각이 미쳤다.

"커서를 사용한다. 커서를 사용한다. 커서를 사용한다."

놈들을 계속 커서로 소멸시키면서 유정상은 같은 말을 계속 중얼거린다. 그러다가 순간 뭔가가 머리를 스쳤다.

그리고 곧이어 커서를 이용해 가장 가까이 있던 거대한 구조물에 가져간다.

그리고 오른쪽 클릭.

창이 여러 개가 뜨자 그중에서 [수정, 복구]라는 글자가 눈에 띈다.

처음 보는 선택지였다.

뭔가 커서에 어떤 해결책이 있을 것 같다는 예상이 들어 맞았음을 기뻐하면서 얼른 그것을 클릭하자 거대한 구조물의 색이 회색에서 푸른색으로 변한다.

그와 동시에 더 이상 색이 바뀐 구조물에서 코드골렘이 생성되지 않았다.

구조물이 더 이상 무너져 내리지 않고 안정화가 된 것이다.

해결책을 발견한 유정상이 이동의 팔찌를 이용해 몸을 날려 그 거대 구조물 위로 올라갔다.

높은 곳에 올라서니 바닥에 바글거리는 코드골렘들이 한눈에 들어왔다.

그곳에서 주변에 모여드는 코드골렘을 한꺼번에 드래그 지정해서는 삽시간에 폭발시키듯 소멸시켰다. 단 한 번의 클릭으로 약 천 기에 달하는 코드골렘을 소멸시켰음에도 아직 주변에선 계속 생성되고 있다.

이번에는 고개를 들어 측면을 돌아보니 수많은 구조물들이 세로로 서 있는 장엄한 모습이 눈에 들어왔다. 유정상은 그 눈에 보이는 모든 구조물들을 드래그 지정했다.

그리고 [수정, 복구]를 실행했다.

팟.

한순간에 모든 구조물들이 파란색으로 변하면서 더 이상 코드골렘이 생성되지 않았다.

그리고 남아 있는 코드골렘들은 우타슈가 가볍게 처리해 버렸다.

"휴우."

유정상이 이마에서 흐르는 땀을 닦으며 한숨을 쉬고는 바닥으로 뛰어 내렸다.

코드골렘은 직접 상대하기엔 까다로운 놈이었지만 커서를 이용하면 이렇게 간단히 해결할 수 있었던 것이다.

다르게 말하면 이곳은 이제까지의 던전들과 달리 커서의 능력이 절대적으로 발휘되는 곳이라는 의미였다.

유정상에게 다가온 크루가 놀란 얼굴로 유정상을 바라본다.

마치 신의 영역에 근접한 존재가 아닐까 싶은 경외감이 어린 표정이다.

"어, 어떻게 이런 게, 가, 가능한 겁니까?"

이젠 더 이상 반말을 할 수 없다고 생각한 크루가 갑자기 존대를 하며 떠듬거린다. 하지만 지금은 크루의 의혹을 해결해 주는 것보다 더 급한 일이 남아 있었다.

"그것보다 일단 저 실드부터 열어야겠어."

그렇게 말한 유정상이 눈앞에 펼쳐진 반투명 막을 잠시 바라보다 커서를 가져갔다.

그러자 역시 커서의 모양이 사각형으로 변한다.

사각형의 커서를 이용해 이리저리 문질러보니 반투명막이 마치 지워지는 것처럼 사라져간다.

예상대로 이 던전의 내부에서는 커서가 모든 것에 제대로 영향을 주고 있다.

그리고 곧이어 커서로 실드를 걷어내자 길이 열렸다.

안으로 들어가자 정신없이 뭔가에 열중하던 엘프가 움직임을 멈췄다. 그리고 몸을 돌려 유정상의 일행에게 시선을 보냈다.

"타라!"

크루가 소리쳤지만 그녀는 전혀 반응을 보이지 않고 그저 노려보고만 있다.

"도대체 이게 무슨 짓이야. 네가 아무리 부족에 불만을 가지고 있다 해도 이건 아니라고."

"가만!"

"……?"

유정상의 말에 크루가 의아한 표정을 지었다.

유정상은 그녀의 상태를 확인하고는 미간을 찌푸렸다.

타라라고 하는 엘프의 상태가 이상해 커서로 정보를 확인하니 [마성에 지배당하고 있다.]는 글귀가 보인 것이다.

그리고 커서를 사용해 그녀를 가리키자 머리 주변에 투명한 검은 기운이 뭉쳐 있음을 확인할 수 있었다.

이번에도 혹시나 하는 마음에 그녀의 머리 주변에 몰려 있는 그 검은 기운 쪽으로 커서를 가져가 보았다. 그러자 순식간에 그 검은 기운이 커서의 안쪽으로 빨려 들어간다.

그러면서 동시에 그 기운을 흡수한 커서가 검은색으로

변했다.

유정상이 살짝 당황하면서 커서를 그녀의 몸에서 떼어내자 검게 변했던 커서가 다시 원래의 빛으로 돌아왔다.

타라에게서 뭔가 변화를 감지한 크루였지만 자세한 상황을 알지 못했기에 섣부르게 움직이지는 않았다.

얼마간의 시간이 흐르자, 한참동안 멍하게 서 있던 타라의 얼굴에 미묘한 표정 변화가 생겨났다.

"……?"

그녀가 주변을 조금씩 두리번거린다.

그런 그녀의 시선이 유정상의 무리 쪽에 고정되더니 곧 '앗.' 하는 소리와 함께 슬쩍 물러선다.

20대 초반의 얼굴에 약간은 창백한 얼굴, 그리고 다른 엘프들과 마찬가지의 초록색 실크느낌의 옷이었는데 무슨 일을 겪었는지 온몸이 꽤나 지저분했다.

"타라!"

그녀가 정신을 차리는 듯하자 크루가 다시 힘껏 소리쳤다. 그 소리에 깜짝 놀란 타라가 놀란 표정으로 크루를 돌아보았다.

"크, 크루님!"

"왜 이곳에 와 있었던 거야?"

"네?"

영문을 알 수 없다는 듯 대답하는 타라, 그런 그녀를 보던 크루가 설명을 부탁하는 눈빛으로 유정상을 비라보았다.

"머리에 뭔가 이상한 기운이 몰려 있어서 그걸 제거했을 뿐이야. 정확한 건 나도 몰라."

유정상의 말에 다시 굳은 얼굴의 크루가 타라를 돌아보며 물었다.

"너, 여기까지 온 건 기억이 나?"

"아, 아뇨."

그녀가 고개를 흔들며 대답하자 유정상이 그녀에게 물었다.

"마지막 기억을 이야기 해봐."

하지만 갑자기 엘프가 아닌 검은 로브를 뒤집어 쓴 정체 불명의 남자가 그렇게 말하니 조금 경계하는 눈빛이었다. 하지만 크루가 그녀를 보며 괜찮다는 듯 고개를 끄덕이자 그제야 그녀가 뭔가를 떠올리려 노력하며 중얼거렸다.

"마지막……."

잠시 미간을 찌푸리던 타라가 뭔가 떠올랐는지 찔끔하는 표정으로 이야기를 시작했다.

"그러고 보니 마을을 벗어난 뒤 '혼령의 숲'에서 검은 보석을 발견했어요. 그리고 그 보석의 아름다움에 정신을 차릴 수 없었는데……. 그 이후로는 전혀 기억이 나질 않아요."

"혼령의 숲? 거긴 금지구역인거 몰라?"

"죄, 죄송해요. 전 그냥……."

결국 사소한 호기심 때문에 벌어진 일이었다.

"혼령의 숲은 저주받은 곳이야. 그곳에 들어가면 영혼을 빼앗기게 된다는 걸 몰라?"

"……."

"잔소리는 나중에 하고 일단 마스터키는 어디에 있지?"

유정상의 말에 흠칫 놀란 타라가 동그랗게 뜬 눈으로 크루를 향해 물었다.

"마스터키요?"

"기억 안 나?"

"설마, 제가 그걸 훔친 건가요?"

"맞아."

그 말에 경악한 타라가 서둘러 자신의 품을 뒤적거리기 시작했다. 그러나 아무것도 없다.

"없…… 어요."

"뭐?"

그 대답과 동시에 유정상의 시선이 그녀가 서성거리던 장소 쪽으로 이동했다.

그리고 황금색의 보석 하나가 둥그런 쟁반 같은 판위에 얹혀 있는 게 보인다.

엄지 손가락만한 크기로 영롱한 빛을 뿌리는 신비로운 분위기의 보석.

아마도 저것이 바로 지금까지 애타게 찾고 있던 마스터 키 같았다.

그런데 커서로 마스터키를 집으려 하는 순간 갑자기 둥근 판 속으로 빠르게 스며들어간다.

"엇!"

순간 당황한 유정상은 낮은 탄성을 토하며 재빠르게 그것을 커서로 붙잡았다.

그 때문에 스며들던 황금색 보석이 반쯤 걸쳐진 상황이 되어 버렸다.

더 이상 스며들지도 그렇다고 빠지지도 않는 어중간한 상황.

그 상태에서 갑자기 반발력이 생기며 커서마저 튕겨져 나왔다.

"……!"

다시 커서로 마스터키를 잡으려 했으나 커서가 그곳에 다가가지 못하고 있다.

상황을 지켜보던 크루가 반쯤 박혀 있는 마스터키를 붙잡으려 달려들었다.

번쩍!

"크악!"

충격에 튕겨 나가버리는 크루.

유정상이 그곳으로 다가갔지만 역시 뭔가 강한 힘에 의해 가로막혀 접근할 수가 없었다.

그런데 그때 주변이 흔들리기 시작했다.

쿠르르르르르.

그들이 있던 장소를 제외한 모든 곳이 조그마한 사각의 조각블록들처럼 부서져 나가기 시작했다.

그들 눈앞에서 벌어진 기이한 현상에 유정상을 포함한 모두는 무슨 일이 벌어지고 있는지 전혀 갈피를 잡지 못하고 있었다.

그렇게 모두 혼란 속에 빠져 있는데 그들 주위의 배경이 서서히 변해가더니 블록조각들도 사라지고 새로운 풍경으로 바뀌어 버렸다.

블록조각들이 사라진 공간은 짧은 순간 아무것도 없는 회색지대로 변했다가 다시 정글의 모습으로 펼쳐졌다.

그런 모습을 지켜보던 크루가 놀란 얼굴로 중얼거렸다.

"여긴, 우리 부족 마을?"

"⋯⋯?"

유정상에겐 그냥 흔한 느낌의 정글이었지만 크루는 대번에 자신들이 살고 있는 마을임을 알아챘다. 그러고 보니 멀리서 보았던 거대한 나무가 바로 곁에 있었다.

그와 동시에 그들이 있던 장소도 흔들리기 시작하더니 갑자기 위로 솟아오르기 시작했다.

쿠르르르르르릉.

회색의 구조물들이 바닥에서 솟아올랐고, 그것들이 겹쳐지면서 어떤 모양을 만들어갔다. 그리고 그 크기가 점점 커져가고 다시 그들 앞에 새로운 건물이 만들어져서 올라가는 것도 보였다.

마지막으로 나무줄기들이 그 건물 전체를 감싸기 시작했다.

그리고 잠시 후.

갑자기 생겨난 웅장한 건물이 주변에 있던 모두를 압도했다.

"이거 성(城) 아니야?"

주코가 황당하다는 듯 자신들을 둘러싸고 있는 건물들을 보며 말했다.

그 말대로 그들을 둘러싼 건물은 나무를 중심으로 주변을 둘러싸며 생성되었고, 그 모양은 옛 중세시대의 성처럼 보였다.

그 크기가 일반적인 성에 비해서 엄청나게 거대했으며, 또한 처음 보는 형태의 화려한 건물양식이어서 색다른 느낌이었다.

거기다 건물 주변을 둘러싸고 있는 식물의 줄기들 때문에 그 분위기는 더욱 신비스러웠다.

[미션]

[성을 지켜라.]

[성의 가운데 생성된 차원의 문은 던전의 밖으로 나갈 수 있는 출구로, 만약 적들의 침입을 막아내지 못할 못할 경우, 그곳을 통해 몬스터들이 대거 외부로 유출될 것이다.]

[몰려드는 몬스터로부터 성을 지켜내면 미션 성공.]

미션 내용을 본 유정상의 얼굴이 사정없이 일그러졌다.

그리고 성안으로 들어가니 가운데 커다란 통로가 생성되어 있었다.

던전을 빠져나갈 수 있는 통로.

결국 성을 지키지 못하면 몬스터들이 지구에 대규모로 유출되기 시작한다는 뜻이고, 그 때문에 엄청난 인명피해가 발생할 것이다.

물론 던전의 에너지가 어느 정도나 퍼져 나갈 것인지에 따라 결과가 달라질 수 있지만 어쨌건 이 일은 결국 던전폭발에 비견될만한 엄청난 재난이 되리라는 건 틀림없다.

"귀찮게 되었네."

머리를 긁적이는 유정상.

그런데 크루는 갑자기 벌어진 이 황당한 일에 아직 입을 다물지 못하고 있다가 곧 정신을 차리고는 더듬거리며 말했다.

"이, 이게 도대체……?"

크루의 말이 떨어지기가 무섭게 나무위에서 많은 숫자의 엘프들이 경계하는 모습으로 내려오는 게 보였고, 성 주위로도 많은 수의 엘프들이 활과 검 그리고 창 등을 들고 모여드는 게 보인다.

그들에게 크루가 지금의 상황을 대충 설명하고는 다시 유정상에게 다가왔다.

"제가 족장님을 모시고 오겠습니다."

그렇게 말하고는 재빠른 움직임으로 나무를 타고 올라갔다. 그리고 잠시 후 아래로 곧게 꼬여서 뻗어있는 줄기들을 타고 몇 명의 엘프들이 내려온다.

크루가 젊은 여자 엘프를 데리고 돌아온 것이다.

족장이라기에 늙은 노인을 생각했던 유정상의 예상과 달리 그녀는 젊은 외모에다 신비로운 분위기까지 풍기는 아름다운 얼굴을 하고 있었다.

이름은 테라, 나이는 500살로 200년 전부터 이 부족을 책임지고 있다는 크루의 설명을 들었다.

그녀의 곁에는 처음 유정상이 인질로 잡았던 소년 비토가 겁먹은 표정으로 서 있었다. 이미 엘프들이 이 소년을 부족으로 데려온 것이다.

아무튼 소년을 인질로 삼았던 일 때문인지 온화한 얼굴의 그녀가 유정상을 보고는 약간 경직된 표정이 되었다. 하긴, 아들 납치범이 좋게 보일 리 없다는 생각에 유정상이 쓰게 웃었다.

그런데 그런 그녀가 유정상에게 다가와서는 조용한 음성으로 물었다.

"지금의 상황을 설명해 주실 수 있나요?"

눈치를 보니 마스터키에 대해선 크루가 대충 설명한 것 같아 유정상은 지금의 상황만 간략히 설명했다.

"정확한 건 모르지만 아마도 많은 몬스터들이 이곳을 침범해 올 것이다."

"그래서 인간들의 방어용 건축물이 이곳에 생성된 것인 가요?"

"아마도 그렇겠지. 물론 내가 만든 건 아니지만."

유정상이 그렇게 말했지만 테라는 누가 만든 건축물인가에 대해선 별로 궁금해 하지 않는 눈치였다.

이런 일이 과거에도 있었던 것일까?

유정상이 그렇게 생각하는 사이 정글 먼 곳에서 나무들이 우르르 넘어지는 모습이 보인다.

뭔가 엄청난 숫자가 성이 구축된 이곳을 향해 빠른 속도로 몰려오는 모양이다. 하지만 아직 그 정체가 무엇인지는 확인되지 않았다.

그리고 곧 성 주변으로 몰려드는 많은 수의 괴생명체들의 모습이 보이기 시작했다.

그것들은 고블린, 오크, 트롤들이 뒤섞인 몬스터 무리였다.

그리 강하지 않은 몬스터들임은 분명했지만 문제는 그숫자였다.

정글 숲 사이사이에 보이는 숫자는 경악스러울 정도여서 몇 만 인지 몇 십만인지 정확한 수를 가늠할 수 없었다.

눈에 보이는 모든 장소가 몬스터로 가득 찬 느낌으로 이미 성벽까지 다가온 놈들도 제법 많다.

그 상태에서 공중 몬스터 붉은박쥐 천여 마리까지 먼 곳에서부터 하늘을 가득 메우며 날아오는 모습도 보인다.

부족장 테라가 서둘러 지시를 내리자 엘프들이 일사분란하게 움직인다. 궁수들이 성벽에 바짝 붙어 다가오는 몬스터들에게 화살공격을 퍼붓기 시작했다.

그 사이 일반 엘프와는 다른 흰색의 복장에 푸른 보석이 박혀 있는 지팡이를 든 엘프들이 모여든다. 그리고 그들이 지팡이를 들고 뭐라 중얼거리자 성 주변의 나무들이 꾸물거리며 움직이더니 몬스터들을 휘어 감고는 바닥에 패대기쳐 버린다.

퍼억!

"꽤에액!"

순식간에 비명을 지르며 죽어나가는 몬스터들.

하늘에 다가오는 날개길이 3미터 정도의 거대한 붉은박쥐에게도 궁수와 마법사 엘프들이 공격을 시작했다.

엘프의 화살에 맞은 붉은박쥐가 하늘에서 떨어진다.

그런 상황에서도 많은 수의 박쥐가 엘프에게 덮쳐들었다.

슥삭 슥삭.

백정에 의해 순식간에 수십여 마리의 붉은박쥐가 토막나 버린다. 하얀 날개를 퍼덕이며 백정이 붉은박쥐 사이를 가로지르고는 놈들을 조각내자 후두둑 바닥으로 떨어진다.

유정상도 즉시 남은 군주 포인트를 모두 사용해 네피림과 드루이드, 그리고 자이언트 웜을 소환했다. 동시에 드레이크까지 소환해서는 이동의 팔찌로 녀석의 등위에 올라타 주변에 몰려드는 붉은박쥐부터 화염의 브레스로 공격을 시작했다.

콰아아아아아.

압도적인 숫자에 비해 확실히 레벨이 낮은 탓인지 드레이크의 화염브레스 만으로도 순식간에 불타 사라져버리는 붉은박쥐들. 하늘을 가득매운 천 마리 정도였음에도 그 숫자는 빠르게 줄어들기 시작했다.

그 사이 땅위에서도 네피림과 드루이드, 그리고 자이언트 웜의 활약에 주변 몬스터들이 떼죽음을 당하고 있었다. 특히 거대한 네피림과 자이언트 웜의 경우엔 한 번 움직일 때마다 수십 마리의 몬스터들이 한꺼번에 몰살당했다.

그럼에도 계속해서 몰려드는 몬스터들.

일반적인 몬스터라면 월등히 강한 상대에게 두려움을 느낄 만도 할 텐데 마치 누군가에게 조종이라도 당하는 것처럼 전혀 겁먹은 낌새가 없다.

물론 애초에 이렇게 종족도 다른 놈들이 합심해서 몰려드는 것 자체가 이상한 일이었지만.

"끝도 없네, 진짜."

주코가 질렸다는 얼굴로 고개를 절레절레 흔들었다. 하지만 그렇게 느긋하게 말하면서도 소환수들의 마법지원은 거의 습관이 된 것처럼 잊지 않고 충실히 하고 있다.

엘프들도 전투에 동원 가능한 모든 부족민이 참가하고 있었다. 화살을 쏘거나 다가오는 몬스터에게 창과 검을

휘두르는 전투엘프부터, 마법사 엘프, 그리고 돌을 던지
거나 새총을 쏘는 일반엘프들도 있었다.

콰아아아아앙. 콰강. 콰가가강.

유정상이 드레이크를 타고 주변을 돌다 몬스터 무리 한
가운데에 폭렬우를 시전하자 불의 비가 떨어졌고 그로 인
해 사방에서 폭발이 일어났다.

효과는 확실했지만 마나 사용량이 많다는 단점 때문에
폭렬우를 서너 번 사용한 다음부터는 마나소모 대비 효과
가 좋은 빙결의 폭탄반지를 이용한 얼림 공격을 사용했다.

입구에 몰린 몬스터들을 우선으로 먼저 얼려 버린 것이
다.

그 때문에 얼어붙어 길을 막는 몬스터들이 생성되고 그
놈들은 곧 다른 놈들에게 밟혀 파괴되었다.

얼려두면 적들이 알아서 대신 죽여주었기에 적은 노력으
로 큰 효과를 낼 수 있었다.

성의 한편에선 어느새 소환된 우타슈가 현란한 파괴검술
로 몬스터의 사체도 남기지 않고 폭발시키며 싸우고 있었
다.

하지만 끝도 없이 밀려드는 몬스터들.

유정상은 일단 싸움은 다른 이들에게 맡기고 상황을 파
악하기 위해 드레이크를 이용해 높이 날아올랐다.

그리고 몬스터가 어디에서부터 밀려오고 있는지부터 확
인했다.

꽤나 높은 상공까지 올라가자 정글지대에 얼마나 많은 몬스터가 있는지 한눈에 들어왔고 그 이동방향이 파악됐다.

놀랍게도 몬스터들은 검은 점이 있는 장소로부터 계속 생성되고 있다.

그 곳을 향해 빠르게 활강하며 내려가니 그 검은 점이 점점 뚜렷해지면서 정체가 확인되었다.

그것은 검은색의 거대한 포탈이었다.

일렁거리는 거대한 포탈이 쉴 틈 없이 몬스터들을 꾸역꾸역 뱉어내고 있었다.

근처에 도착한 유정상은 바로 검은 포탈을 향해 폭격펀치를 시전했다.

콰가가가가.

"끼아아아아!"

"꾸에에엑!"

"크아아아아아!"

검은 포탈에서 쏟아져 나오던 몬스터들이 폭격펀치의 기파에 떼죽음을 당했다. 순간 포탈을 뒤덮은 놈들의 사체로 인해 나오는 속도가 잠시 지연된다.

그리고 유정상이 포탈을 공격하자 주변에 있던 비행 몬스터들이 드레이크를 향해 날아들었다.

"끼아아아아아!"

"끼아아!"

붉은박쥐와 암흑까마귀 수천 마리가 소리를 지르며 날아
들었다.

드레이크가 머리를 한 번 쳐들고는 목을 부풀렸다. 그리
고 목 부위에 붉은 빛이 생성되나 싶더니 순간적으로 아가
리를 크게 벌리며 화염 브레스를 사방으로 난사했다.

콰아아아아아아.

거대한 화염이 사방으로 뿌려지자 그곳에 휩싸인 비행
몬스터들이 비명을 지르며 바닥으로 추락하기 시작했다.
사이사이 그것을 피해 날아들던 놈들도 유정상의 주먹 기
파에 맞고는 마찬가지로 지상으로 추락해 버렸다.

그 사이 다시 검은 포탈 속에서 새로운 몬스터들이 주위
를 뒤덮은 사체들을 밀어내며 튀어나오려는 기미가 보였
다.

그러자 이번에는 그곳을 향해 드레이크의 브레스가 뿜어
졌다.

콰아아아아아.

검은 포탈을 뚫고 나오려던 몬스터들이 갑자기 주위를
뒤덮는 고온의 화염에 휩싸이며 타들어갔다.

포탈 주위가 아수라장인 상황을 틈타 유정상이 커서를
포탈 쪽으로 가져갔다. 그러자 커서에 접착제 표시가 생성
되었다.

저 포탈도 커서에겐 차원의 틈과 같은 종류로 인식되는
것 같았다.

그것을 확인하자 유정상은 서둘러 슥슥 접착제를 바르며 주변부터 크기를 줄여나가기 시작했다. 포탈은 일반적인 차원의 틈에 비해 구멍을 메우는 데 조금 더 많은 양의 접착제가 사용되는지 속도가 더딘 느낌이 강했다.

역시나 절반 조금 넘게 포탈을 막았을 때 접착제가 떨어지고 말았다.

"제기랄, 하필이면."

접착제가 다시 차려면 1시간 이상이 소요되는지라 그동안은 어쩔 수 없이 입구를 봉쇄하고 싸워야 할 판이었다.

이때 근처까지 날아온 주코가 다급한 음성으로 소리쳤다.

"주인! 그거! 그거!"

"그거라니? 뭐야!"

"그거 있잖아. 검은 녀석! 아, 갑자기 생각이 안나."

주코가 자신의 머리를 쥐어뜯듯 움켜쥐고는 난리법석을 떨었다.

그 모습을 보던 유정상의 머릿속에 얼핏 스치는 생각.

"아, 주주밍!"

무한의 번식력을 가진, 검은 마계 생명체 '주주밍의 씨앗'이라는 아이템이 생각난 것이다.

서둘러 인벤토리를 열어 주주밍의 씨앗을 찾아 그것을 꺼냈다.

그리고 몬스터들이 잔뜩 깔려 있는 장소에 폭렬우를 떨어뜨렸다.

콰가가강. 콰가강. 쾅콰가가.

주변에 엄청난 폭발이 생기자 몬스터 수십 마리가 그것에 휩쓸려 사라졌다. 유정상은 드레이크에서 뛰어내려 그곳에 착지하고는 주주밍의 씨앗에 마나를 집중한 뒤 바닥에 심었다.

그리고 10여 초의 시간이 흐르자 바닥이 꿀렁거리기 시작했다.

유정상은 다시 이동의 팔찌를 이용해 공중에 떠 있던 드레이크의 등 위에 올라탔다.

잠시 후 바닥에서는 검은색의 진액이 줄줄 흐르는 주주밍이 땅속을 뚫고 튀어나왔다. 주변에 새로 다가오고 있던 오크 한 마리가 갑자기 생겨난 검은색의 괴생명체를 경계하며 입을 쩍 벌려 소리친다.

"크아아아!"

하지만 그런 위협에 전혀 반응하지 않던 주주밍이 갑자기 달려들어 오크를 덥석 삼켜 버렸다.

꿀꺽.

주변에서 그 모습을 바라보던 몬스터들이 크게 당황한 기색이 역력했다.

갑자기 생겨난 괴생물체가 동료를 삼켜버린 탓에 적대감이 생긴 것인지 놈들이 주주밍 주위로 몰려들었다.

그때 주주밍의 몸이 살짝 요동치는가 싶더니 몸이 두 개로 분리됐다.

그리고 두 마리의 주주밍이 재빨리 움직이며 주변에 있던 몬스터들을 삼켜 나갔다.

확실히 주주밍을 적으로 인식한 주위의 몬스터들이 흉성을 터뜨리며 달려들었다. 창이나, 녹슨 검을 들고 있던 오크들이 달려들어 자신의 무기를 마구잡이로 휘둘렀지만 대미지는 들어가지 않는다.

그 사이 다시 네 마리로 분리되는 주주밍. 그리고 다시 주변에 있던 몬스터에게 달려들자 몸이 쩍 갈라지며 거대한 입이 나타나더니 또 한 마리씩 삼켜버렸다.

주주밍의 괴이한 모습에도 몬스터들은 전혀 겁먹지 않고 계속 달려들었다. 역시 몬스터들이 일반적인 상태는 아닌 것 같았다. 하지만, 주주밍은 그런 공격에도 아무런 대미지를 받지 않고 계속 자신의 분신들을 만들어가며 몬스터들을 집어삼켰다.

"좋아. 생각 이상이야."

만족한 유정상이 주코에게 엄지를 척하니 내밀자 주코가 '어험!' 하며 턱을 바짝 세운다. 그러나 이미 유정상은 드레이크를 타고 성이 있던 곳으로 다시 돌아가고 있었다.

"쳇!"

그렇게 말하면서도 유정상의 칭찬에 기분이 좋은지 피식 웃던 주코가 서둘러 드레이크를 따라 빠른 속도로 날아갔다.

곧이어 성에 도착한 유정상이 드레이크에서 뛰어내렸다.

다행이 소환수들은 성 밖에서 해일처럼 밀려드는 몬스터를 상대로 잘 싸워주고 있었다. 성 주위로 몬스터들의 사체가 즐비했다.

유정상도 주코와 백정을 데리고 함께 전장에 뛰어들어 많은 수의 몬스터를 처리해 나갔다. 잠시 뒤 조금의 여유를 찾은 유정상은 바로 엘프족장 테라를 찾아갔다.

그리고 그녀에게 검은색의 주주밍에 대해 간단한 설명을 해주고는 성 밖에서 싸우지 말라는 경고도 같이 전달했다.

"주주밍은 적아를 구분 못하니까."

"알겠어요."

그때 대규모의 무리가 성 쪽으로 다가오는 모습이 보인다.

많은 숫자의 원숭이들과 소규모의 드루이드 집단. 선두에서 그들을 이끄는 흑표범 한 마리가 앞을 가로막는 몬스터들을 순식간에 찢어발기며 빠른 속도로 이동해 오고 있었다.

"드루킹이군."

"아는 몬스터인가요?"

테라의 질문이 있었지만 유정상은 답해줄 틈도 없이 성을 벗어나 드루킹이 다가오는 곳 근처로 빠르게 달려갔다.

그리고 재빨리 그곳으로 몰려드는 몬스터들을 향해 폭격 펀치를 날려 주변을 정리해 버렸다.

유정상을 발견한 흑표범이 빠르게 다가와 그의 앞에서

인간으로 변신하고는 머리를 숙였다.

"이곳의 상황을 제대로 파악하지 못해 조금 늦었습니다."

"괜찮아. 그보다 알려줄 말이 있다."

그리고는 바로 주주밍에 대한 간략한 이야기를 전달했다. 혹시 모르고 있다가 삼켜질까봐 이렇게 급히 달려온 것이다.

"주주밍이라는 몬스터를 발견하면 싸우지 말고 즉각 성 안으로 후퇴하라는 말씀이시군요."

"그래."

"알겠습니다."

유정상은 다시 드레이크를 불러 등에 올라타고는 날아올랐다. 그리고 이어서 바로 포탈이 있던 장소로 이동했다.

유정상이 이동하며 바라본 정글에서는 어느새 숫자를 불린 주주밍들이 몬스터들을 엄청난 속도로 집어삼키고 있었다. 대충 봐도 천 마리 이상의 주주밍들이 퍼져나가며 몬스터들을 검은색으로 물들이고 있었다.

포탈의 위치에 도착하니 아직 반쯤 남은 포탈에선 몬스터들이 계속 나오고 있었지만 나오는 족족 주주밍들의 먹이로 전락했다.

성을 무너뜨리기 위해 폭주하면서 공격해오던 몬스터는 어느새 사라지고, 아무런 의지를 가지지 않은 주주밍들만이 가득 남게 되었다.

커서를 가져가니 그새 접착제가 보충되어 있었다.

곧바로 다시 포탈을 메우기 시작하는 유정상.

그리고 어느새 포탈을 완전히 막아버렸다.

포탈이 완전히 막히자 그제야 겨우 더 이상 몬스터의 숫자가 늘지 않게 되었다.

유정상은 다시 성이 있는 곳으로 방향을 틀었다.

다시 성 주변에 도착하자 소환수들이 몬스터들을 모조리 처리해가고 있는데 주변에 검은색의 주주밍들이 간혹 보이기 시작했다. 그러자 드루킹이 모든 소환수들을 지휘하며 성 쪽으로 후퇴했고, 자이언트 웜은 땅속으로 파고들어가 버렸다.

성으로 물러나서 방어를 하고 있는 동안 주변으로 빠르게 번져나가는 검은색의 무리들.

순식간에 모든 몬스터들이 검은색으로 뒤덮이자 새로 생겨난 주주밍들 몇 마리가 성벽을 타고 오르려했다.

그러자 유정상이 디스플레이 화면에 떠 있는 주주밍의 씨앗 그림을 클릭했다.

그러자 자신도 모르게 알 수 없는 언어로 주절거리기 시작했다.

바로 자신이 사용한 주주밍의 씨앗을 용도폐기 할 수 있는 취소의 주문이었다.

유정상이 그 주문을 완료하자 곧 주주밍들이 퍽퍽 소리를 내며 연기처럼 터져나가기 시작했다.

그리고 주주밍들이 터져나간 자리에 나타난 몬스터들이 흠뻑 젖은 몸으로 바닥에 풀썩 쓰러진다. 그것과 동시에 성 안에서 대기하고 있던 소환수들이 밖으로 우르르 몰려나와 쓰러진 몬스터들을 갈갈이 찢어발겼다.

주주밍이 사라지면서 토해낸 몬스터들은 아직 숨이 끊어 지지는 않은 상태였지만 제대로 기운을 차리지 못하고 있었다.

그래서 바로 지금이 남은 놈들을 빠르게 정리할 수 있는 최고의 적기였다.

전투엘프들도 성 밖으로 나와서는 소환수들과 함께 쓰러 진 몬스터들을 처리하기 시작했다.

그렇게 대략 몇 시간이 흐르고 난 뒤 정신을 차린 몬스터 들이 다시 성 쪽으로 몰려들기는 했지만 그때는 이미 남은 수가 수백 정도로 줄어든 상태라 소환수들에 의해 금방 정 리되었다.

그렇게 싸움이 끝이 나고 주변을 가득 메운 몬스터들의 사체를 바라보며 주코가 얼굴을 잔뜩 찡그렸다.

"으엑, 여기 오염되는 거 아니야?"

그런 걱정이 들만도 한 것이 사방에 널려있는 몬스터들 의 사체를 도저히 치울 엄두가 나지 않았던 것이다. 하지만 이대로 가만 놔두면 모두 썩을 것이고, 그렇게 되면 주변은 죽음의 땅으로 변해 버릴지도 몰랐다.

그 순간, 갑자기 땅이 흔들렸다.

쿠르르르르르.

그리고 나무를 둘러싸며 생겨났던 성이 제 할일을 다 했다는 듯이 땅속으로 빨려 들어갔다.

쿠르르르릉.

거대한 건축물이 땅속으로 서서히 가라앉듯 들어가자 소환수들과 엘프들은 재빨리 나무 위로 몸을 피했다. 먼지를 잔뜩 일으키며 거대한 성이 땅속으로 스며들 듯 사라지는 광경을 모든 엘프들이 경외감 어린 표정으로 지켜보았다.

더불어 주변에 널려 있던 몬스터의 사체들도 대부분 검은 연기로 변하며 땅속으로 빨려 들어갔다.

그런데 그 사체들 중 일부가 순식간에 썩어 들어가는가 싶더니 꾸물거리며 움직이더니 서로 뭉쳐지기 시작했다.

저절로 인상이 찌푸려질 정도로 듣기 싫은 질퍽한 소리가 들리는가 싶더니 뭉쳐진 썩은 사체들 사이에서 검은 연기를 피어오르며 거대한 괴생명체 하나가 천천히 몸을 일으켰다.

"클클클클클"

기괴한 웃음소리를 흘리는 검은 그림자.

높이는 무려 10미터 가량은 되어 보인다.

온몸에 썩은 몬스터 사체를 덕지덕지 달고 있는 기괴한 형상의 괴물.

느릿한 움직임으로 주변을 둘러보며 더러운 침을 질질 흘리고 있었다.

근처의 전사 엘프들은 잔뜩 긴장한 표정으로 자신들의
무기를 집어 들었고, 궁수들은 재빨리 활을 들어 갑자기 생
겨난 놈을 향해 시위를 겨눴다.

그 순간.

버스터 펀치.

콰아아아앙!

"꾸에에에엑!"

거대한 주먹의 형상이 아래로 떨어지며 놈의 머리에 정
통으로 박히자 비명을 지르며 전신이 바닥에 처박히더니
온몸이 터져 나가 버렸다.

"뭐야?"

주코가 어이없다는 표정으로 한 방에 터져나간 거대 괴
물의 사체를 바라보았다.

그리고 이곳이 3성급의 던전이라는 것을 떠올리고는 허
무한 웃음을 흘리며 고개를 절레절레 흔들었다.

[미션완료]

[흑마술에 오염된 몬스터들로부터 성을 지켜내는데 성공
했습니다.]

[이로써 엘프의 마을은 크나큰 위기로부터 벗어날 수 있
었습니다.]

[보상으로 '혼란펀치' 스킬이 생성됩니다.]

"혼란펀치?"

디스플레이에 새로운 스킬이 추가되어 있는 걸 보며 머리를 갸웃거렸다. 혼란펀치라는 말뜻을 쉽게 파악하지 못한 것이다.

그리고 궁금함에 혼란펀치라는 글자에 커서를 가져가 확인해 보았다.

[적에게 정신적 혼란 대미지를 주어 적아식별이 불가능하게 만든다.]

[단, 마나 사용량이 많고 일정 레벨 이상의 상대에겐 통하지 않을 수도 있다.]

적아식별이 불가능하다는 건 그냥 미치광이가 되어버려 아무나 공격할 수도 있다는 이야기다.

애매한 기술이라 아무 때나 쓰기엔 무리가 있었다.

"혼란펀치가 아니라 또라이 펀치구만."

"주인, 또라이 펀치가 뭐냐?"

"너 같은 녀석에게 사용하는 기술이지."

"……."

"삐이이이이."

유정상의 싱거운 농담에 뾰로통해진 주코를 보며 백정이 바닥을 구르며 웃는다.

"웃지 마! 죽을래!"

그 말에 백정이 빛의 칼을 척하며 뽑아내자, 시선을 피하며 투덜거린다.

"젠장."

곧이어 유정상이 땅속으로 사라진 성이 있던 자리로 이동했다.

주변이 온통 흙먼지에 엉망이었지만 유정상은 커서의 도움으로 흙먼지를 밀어내면서 마스터키가 있던 장소까지 이동할 수 있었다.

바닥에 놓여 있는 황금색의 보석을 발견한 유정상이 그것을 들어올렸다.

그리고는 커서를 이용해서 그 정보를 확인해 보았다.

[마스터키]

[대마법사 파블로 그루엔이 자신의 모든 마력과 지식을 총동원해 만든 것으로 각종 결계의 봉인과 해제가 가능한 궁극의 열쇠이다.]

어느새 유정상의 주위로 엘프들이 모여들었고, 그들의 중심에 있던 테라가 유정상에게 다가왔다.

그런 그녀에게 유정상이 마스터키를 내밀었다.

하지만 테라는 받을 생각도 하지 않은 채 유정상의 손에 들려 있는 마스터키를 잠시 바라만 보다가 문득 고개를 들고는 그를 바라보며 말했다.

"당신이 직접 마스터키를 사용해서 수호자의 가호를 봉인해 주시면 안 될까요?"

"내가 직접?"

"네."

"왜 그래야 하는 거지? 이건 당신네들 물건 아닌가?"

"부탁드릴게요."

"부탁?"

어째서 이런 일을 자신에게 부탁하는지 영문을 알 수 없는 유정상이었다.

물론 자신들의 부족을 도와줬다는 사실 때문에 그냥 특이한 경험을 하게 해주려는 의도인지도 모르니 그냥 알았다며 고개를 끄덕였다.

그 모습에 살짝 미소를 지어보이던 테라가 유정상을 안내했다.

거대한 나무 아래, 외부로 돌출되어 있는 뿌리 사이에 자그마한 동굴로 유정상을 인도했다. 그 속으로 들어가자 입구부터 은은한 색색의 빛을 뿌리는 발광석이 동굴 벽과 천장에 붙어 있었다. 덕분에 실내는 꽤나 밝은 느낌이었다.

그렇게 안으로 들어가다 보니 다시 아래로 회전하며 내려가는 계단이 나타났고, 테라를 따라 그곳을 내려가니 또다시 넓은 실내가 나타났다.

거대한 통로로 보이는 장소였는데 옆으로 길게 뻗은 동굴 가운데 자그마한 강이 흐르고 있었다.

그런데 그 강물 사이에 보이는 보랏빛의 바위.

테라가 손으로 그 바위를 가리키자 유정상이 당당한 걸음으로 그곳을 향해 걸어갔다.

그러자 바위가 솟아올랐고, 그의 앞에 강을 가로지르는 돌길이 물속에서 서서히 솟아올랐다.

그것을 잠시 바라보던 유정상은 그 위를 걸어 보랏빛의 바위 쪽으로 다가갔다.

근처에 다가서자 바위에는 황금색의 보석, 마스터키와 모양이 일치하는 홈을 있었고, 유정상은 지체 없이 그곳에 마스터키를 꽂아넣었다.

찰칵.

쿠르르르르르르르.

바위가 흔들리더니 곧 바위의 빛이 보랏빛에서 마스터키와 같은 황금빛으로 변해버렸다.

그러더니 주변에 흐르는 마나의 기운이 달라진다.

수호자의 가호라더니 역시 마나가 굉장히 정순한 느낌이다.

"이젠 끝난 건가? 하지만 어째 허술하네."

당연하게도 마스터키는 홈에 넣어진 상태 그대로 외부에 노출이 되어 있어서 누구라도 마음만 먹으면 탈취(奪取)하기 쉽게 되어 있었다.

하지만 그건 엘프들의 사정일 뿐이었고 유정상은 그저 주어진 미션을 해결하면 될 뿐이다. 다만, 다시 누군가가 이것을 훔쳐낸다면 또다시 귀찮은 일이 발생할지도 모른다는 것이 마음에 걸릴 뿐이었다.

"할 수 없는 일이지. 내가 관여할 문제도 아니니."

그렇게 말하며 돌아서려는데, 뭔가 그의 눈에 걸린다.

바위의 오른쪽에 있는 또 하나의 작은 홈.

이렇게 가까이 오지 않았다면 있는지도 몰랐을 그런 작은 홈이었지만 어째 그 모양이 눈에 익은 느낌이다.

뭐지? 하는 생각을 하고 있다 문득 자신의 손가락에 끼워져 있는 반지에 시선이 갔다.

이네크의 반지.

반지의 튀어나온 부분과 바위에 새겨진 홈이 상당히 닮아 있었다.

혹시나 하는 마음에 주먹을 쥔 채 내밀어 반지를 그 곳에 가져다 대었다.

짤깍.

뭔가가 정확하게 맞물리는 듯한 소리가 들리더니 이어서 밖으로 노출되어 있던 마스터키가 황금색 바위 속으로 스며들어가 버렸다.

곧이어 유정상이 주먹을 거두어들이고 물러서자, 황금바위는 서서히 드래곤의 형상으로 변해갔다.

예전에 상대했던 드래곤과 상당히 유사한 형태.

어쨌든 그 모습에 압도될 정도로 웅장한 크기였다.

"오!"

덕분에 테라가 그 광경을 보고 감탄해했다.

[미션완료.]

['마스터키'를 찾아 원래의 자리에 돌려놓는데 성공했습니다.]

[그리고 '마스터키'의 안전까지 확보하여 미션을 초과달성하였습니다.]

[초과달성의 보상으로 10레벨의 상승과 소환수 코드골렘 10기 사용권한을 부여받습니다.]

[코드골렘은 군주 포인트 30점을 사용합니다.]

[현재 레벨은 136입니다.]

만족스런 얼굴로 메시지를 확인하는 유정상에게 테라가 다가왔다.

"과연 당신이 맞았군요."

"……?"

"예언의 수호자."

뜬금없이 예언의 수호자라고 부르니 유정상은 순간 황당함에 할 말을 잃어버렸다.

"부족에 크나큰 위기가 왔을 때 외부로부터 거대한 세력을 이끄는 수호자가 나타나 모든 근심을 종식시킨다."

"……?"

"부족 주술사의 예언이죠."

그렇게 말하며 뒤돌아서자 뒤쪽에서 화려한 머리장식을 한 여인이 모습을 드러냈다. 대다수가 젊은 모습을 하고 있는 엘프들에 비해 그녀는 조금 나이가 들어 보이는 얼굴이었다. 인간으로 치면 대충 40대의 느낌이랄까, 범접하기 힘든 기품이 느껴졌다.

"부족의 주술사 가이아라고 합니다. 예언의 수호자를 뵙게 되어 영광입니다."

그녀가 머리를 살짝 숙여 보이며 자신을 소개했다.

"내가 예언의 수호자라니 뭔가 착각을 하고 있는 것 같은데."

오래된 부족 같은 곳에선 어딜 가나 이런 예언 하나쯤은 있을 것이라는 생각에 유정상은 피식 웃으며 말했다. 사실 이런 식으로 활약을 하다보면 의례적으로 의도치 않게 누군가를 돕게 되는 경우도 발생했다. 그러다보면 그것 때문에 그들의 오랜 이야기가 현실이네 뭐네 하며 떠드는 자들도 생기기 마련이다.

"그렇지 않습니다."

당연히 유정상의 말에는 동의하지 않는다. 물론 이정도의 반응쯤은 유정상도 예상하고 있었다. 쉽게 인정하면 예언이 아닐 것이다. 그렇게 오랫동안 내려온 이야기를 단 한마디에 부정당하고 싶지는 않을 테니.

"당신은 예언의 수호자가 맞습니다. 예언에서 그가 직접 마스터키로 수호자의 가호를 봉인한다면 다시는 재앙이 생기지 않을 거라고 했으니까요."

그러나 유정상은 그녀의 말을 별로 신용하지 않았다. 하지만 신념이 있는 상대에게 그것이 틀렸다고 주장하는 것은 상당히 귀찮은 일이다.

"그래. 그렇다고 치지. 그럼 그 다음은?"

"당신에게 드릴 것이 있습니다."

뭔가 익숙한 흐름이다.

어쩐지 그렇게 말하는 가이아가 부족의 귀한 보물을 내어올 것만 같았다. 역시나 가이아가 자신의 품에서 푸른색의 달걀만 한 구슬을 꺼내었다.

선뜻 받아들기 전에 유정상은 궁금함에 먼저 커서로 슬쩍 확인해봤지만 [확인불가]라는 글만 보인다.

"쳇, 그냥 알려주지는 않을 거라는 뜻이군."

"……?"

유정상의 중얼거림을 들은 가이아가 의아한 표정을 지어보이자 아니라며 손을 살짝 흔들어 주었다. 그러자 그녀가 다시 이야기를 시작했다.

"이것은 수백 년 전 부족을 위기에서 구해주신 또 다른 영웅이 남기신 그의 증표입니다."

"또 다른 영웅?"

"네. 그도 당신처럼 인간이었습니다."

수백 년 전, 그리고 인간.

"인간이 이곳에 자주 들락거리는 건가?"

"아닙니다. 그가 온 후로 이곳을 방문한 이는 당신이 처음입니다."

"흐음. 아무튼 이 물건이 그가 남긴 증표라는 거지. 그런데 왜 그걸 내게 주려는 것이지?"

"그가 그것을 원했으니까요."

"뭐? 그가 날 알기라도 한다는 말인가?"

"일단 손을 내밀어 보세요."

"……?"

유정상이 고개를 살짝 갸웃거리다 피식 웃으며 오른손을 내밀었다. 그러자 그녀가 유정상의 손바닥 위에 구슬을 올려놓았다.

파앗.

구슬이 손에 닿자마자 바로 푸른빛이 강렬하게 퍼져나가자 유정상은 살짝 인상을 찌푸렸다.

그런데 곧 그 푸른빛 사이에 강렬한 흰색의 빛 덩어리가 빠져나오더니 유정상의 손가락에 끼워져 있던 반지 속으로 빨려 들어가기 시작했다.

"……!"

강렬하고도 시원한 느낌의 에너지가 반지를 통해 전신에 퍼져나가는 기분이었다.

마치 시원한 파도가 전신을 두들기는 듯한 충격과 함께 오감이 더욱 예민해지는 느낌이랄까.

"과연, 당신은 예언의 수호자가 확실하군요. 그 구슬은 누구에게도 이런 반응을 보인 적이 없었으니까요."

"뭐, 뭐지 이건?"

"그의 증표이자 그가 남긴 힘이죠."

당황스럽긴 하지만 이 에너지의 느낌은 유정상에게도 뭔가 익숙한 듯 느껴진다.

'설마.'

뭔가 떠오르는 것이 있었지만 그럴 리 없다는 생각에 고개를 흔들었다.

그리고 황홀한 에너지의 기운을 느끼며 유정상이 가이아에게 물었다.

"그 영웅이라는 자의 이름이 뭐지?"

"이네크입니다."

"뭐?"

설마하고 있었는데 결국 예상이 들어맞은 것이다.

이런 곳에서 이네크의 이름을 들을 거라고는 전혀 예상하지 못했던 탓에 놀라지 않을 수 없었다.

던전끼리 이어진 것도 아니니 도대체 그가 어떤 방식으로 여러 던전에 영향을 끼치고 돌아다닌 것인지 알 수가 없었던 것이다.

"그때도 지금처럼 외부의 침입으로 부족에게 크나큰 위기가 있었지요. 그런 때에 그가 나타나 몬스터들을 토벌하고 부족을 구해주셨어요. 그는 이곳에서 잠시 머물며 수호자의 가호를 봉인시켰습니다. 하지만 완벽한 그의 봉인도

200년이라는 긴 시간이 지나자 풀려 버렸답니다. 이런 상황을 미리 예견한 그는 이 구슬 속에 자신의 뜻을 이을 자에게 남길 에너지를 남겨 두었습니다. 봉인을 다시 완벽하게 만드는 사람에게 이것을 남기라는 말씀과 함께."

그리고 구슬의 빛이 사라졌다.

"후흡."

유정상이 숨을 들이켰다.

갑자기 막대한 에너지를 받아들인 탓에 온몸에 강력한 힘이 솟아오르는 것 같다.

레벨엔 특별히 변화가 없었지만 전체적인 수치는 조금씩 상승했고, 마나량도 30%가량 상승한 것을 확인했다. 이로써 마나 사용이 많은 스킬을 사용하는 데 걸렸던 제한으로부터 조금 더 자유로워졌다.

"저도 이제야 그가 제게 남겨주신 일을 마무리 할 수 있어서 기쁘군요."

주술사 가이아가 평온한 미소를 지어보였다.

커서 마스터

Cursor Master

2. 물고 물리는 관계

커서 마스터
Cursor Master

2. 물고 물리는 관계

던전을 빠져나오니 여전히 지하 하수구다.

유정상은 서둘러 맨홀을 통해 바깥으로 나오자마자 블랙로브를 해제한 채 전신에 배어 있을지 모를 냄새를 제거하기 위해 클린볼을 사용했다.

그리고는 옥타비아가 마련해준 단독 주택으로 돌아가서 간단한 샤워를 마친 뒤에야 휴식을 취했다.

다음날 아침.

아침 일찍 일어난 유정상이 간단하게 씻고 나오니, 옥타비아가 마련해 준 일회용 휴대폰 중 한 대에 그녀가 보내온 문자가 도착해 있었다.

영어라 뭐라고 쓰여 있는지 알아 볼 수가 없어서 간단

하게 번역기를 돌려보니 대충 다음과 같은 해석이 나왔다.

– 마티 월포드.

– 뉴욕의 헌터연합 최고 수장.

– 그가 당신에게 관심을 가지고 있어요.

"내게 관심을……?"

문자의 내용을 확인하며 고개를 갸웃거렸다.

하지만 곧 어깨를 으쓱하는 표정을 지은 유정상은 휴대폰을 소파 위에 슬쩍 던져 놓고는 거실에 있는 컴퓨터로 미국의 던전에 대한 정보를 확인했다.

누가 자신에게 관심을 갖든 말든 그런 것은 별로 상관하고 싶지 않았던 것이다.

하루를 그렇게 더 쉬면서 컨디션을 바로잡은 유정상은 다음날 CT6를 타고 뉴욕 롱비치에 있는 던전 '토네이도'로 향했다.

아무래도 중단된 이벤트에 대한 아쉬움이 남았던 탓에 그것을 먼저 마무리 짓고 싶다는 생각 때문이었다.

그런데 뉴욕 롱비치에 도착해보니 예상보다 훨씬 더 많은 차량이 몰려들어 있다는 것을 확인하고는 아무래도 조용히 들어가기는 틀렸음을 예감했다.

블랙로브가 다녀갔다는 사실이 알려지자 갑자기 많은 사람들이 몰려든 탓이다.

자신이 아무리 은신술을 펼친다 해도 그것을 잡아낼 수

있는 각성자가 존재하는 이상 비밀리에 들어갈 수는 없을 것 같았다.

그렇다고 무슨 슈퍼스타처럼 이런 주목을 받으며 던전 사냥을 한다는 건 영 내키지 않는 일이었다. 그래서 유정상은 다음 기회를 기약하며 과감하게 이벤트 던전은 포기하고 그 자리를 벗어나 버렸다.

다시 집으로 돌아온 유정상이 느긋한 자세로 앉아서 다른 던전에 대한 정보를 조사하고 있던 때에 공지훈으로부터 연락이 왔다.

유정상이 지금 머물고 있는 집의 위치에 대해 미리 알려 주었는데 그 연락을 받고 그도 인근 호텔의 스위트룸에 방을 잡았다는 내용의 문자였다.

"스위트룸? 뭐야? 여자라도 꼬셨나?"

피식 웃은 유정상은 쉬는 김에 얼굴이나 한번 보자는 요량으로 겸사겸사 공지훈이 머물고 있다는 호텔을 찾아갔다.

호텔 입구에 도착하자 마치 유정상을 기다리고 있었다는 듯이 갈색머리에 검은테 안경을 쓴 30대의 남자가 접근해 왔다.

평범한 양복차림에 일반적인 백인 치고는 상당히 왜소해 보이는 체구의 사람이었다.

"유정상 씨?"

"누구시죠?"

"전 피터 레이저라고 합니다. 윌포드 씨가 만나 뵙고 싶어 하십니다."

"윌포드? 마티 윌포드?"

"그렇습니다. 알고 계시는군요."

의외라는 표정의 백인 사내.

하지만 마티 윌포드의 이름이야 옥타비아가 보낸 문자의 내용을 기억하고 있었으니 당연히 유정상도 기억하고 있었다.

❖ ❖ ❖

"어서 오십시오. 이렇게 불쑥 실례를 저질러 죄송하군요."

거대한 빌딩의 최고층에 오르자 펼쳐진 넓은 사무실. 50대 정도로 보이는 백인남성이 유정상을 반갑게 맞이했다. 금발에 푸른 눈동자를 가진 후덕한 느낌의 사람으로 첫인상은 무척 좋게 보였다.

"마티 윌포드라고 합니다. 그냥 마티라고 불러주십시오."

"……."

하지만 유정상의 그가 어째서 자신을 이곳까지 불러들였는지 알 수가 없어 조금 의아한 표정으로 그를 바라보기만 했다.

사실, 처음 이곳으로 초대 아닌 초대를 받았을 때 살짝 고민을 했었다. 하지만 이미 옥타비아에게 그가 자신에게 관심을 가지고 있다는 문자까지 받았던 상황이라 그에 대해 궁금해졌기 때문에 그냥 따라온 것이다.

　"미스터 블랙로브…… 라고 불러야 할까요?"

　유정상의 미지근한 반응에 잠시 당황한 표정을 짓던 마티가 조심스럽게 물었다. 평소에 자신을 숨기는 블랙로브의 반응이 걱정스러웠던 탓도 있었다.

　하지만 그런 마티의 예상과 달리 유정상은 그저 가볍게 받아들였다.

　"나를 뭐라고 부르던 그건 상관없고, 원하는 게 뭐요?"

　"이런, 심기가 불편하신 것 같군요. 직접 찾아뵙지 못하고 이렇게 청한 점은 다시 한 번 사과드리지요. 제가 굳이 이렇게 뵙자고 한 건 미국 협회의 요청을 잘 해결해주신 일에 대해 감사드린다는 것과 당신에게 새로운 의뢰 하나를 부탁하고자 함입니다."

　"의뢰?"

　"그렇습니다."

　"내가 꼭 받아들여야 하는 겁니까?"

　"강요할 수는 없는 일이지요. 하지만, 저희 입장에서는 어떻게 해서도 해결이 불가능한 상황이라서 꼭 좀 받아들이셨으면 할 뿐입니다."

　"이야기나 들어봅시다."

받아들이고 말고는 듣고 나서 결정해도 되는 일이다.

"먼저, 다시 제 소개를……."

"뉴욕 헌터연합의 최고 수장…… 아닌가요?"

유정상의 말에 잠시 눈을 껌뻑이던 마티가 곧 호탕하게 웃었다.

"하하하 이거, 제가 미스터 블랙로브를 너무 과소평가한 것 같군요. 그다지 외부에 잘 알려지지 않은 저를 이미 알고 계실 줄은 정말 몰랐습니다."

"제안의 내용이나 빨리 말하쇼."

유정상의 날선 물음에도 여전히 밝은 얼굴로 고개를 끄덕인 마티가 입을 열었다.

"보스턴의 그래너리 묘지 부근, 던전 '림보'에 있는 '몰렉'을 찾아 소멸시키는 것입니다."

"몰렉? 그 던전의 보스입니까?"

"아닙니다. 그 던전엔 따로 보스가 존재하지는 않습니다. 하지만 무서운 놈이죠."

보스가 없는 던전이야 흔하니 이상할 건 없었다.

"……."

그의 표정이 처음으로 진지해져 있었다.

그런데 아까부터 유정상의 감각에 자꾸 이상한 것이 감지되었다.

눈앞에 있는 남자, 마티에게서 느껴지는 뭔가 찜찜하면서도 이상한 기운이 계속 유정상을 신경 쓰이게 만들고 있었다.

그래서 유정상은 머리에 박혀 있는 커서를 뽑았다.

그리고 살짝 마티를 향해서 가져가자 그는 갑자기 뭔가 불안한 사람처럼 움찔거린다.

'설마, 커서를 느끼는 건가?'

하지만 분명하게 느끼지는 못하는지 그저 불안한 표정으로 주변을 두리번거린다.

잠시 그런 그를 더욱 의심스러운 눈빛으로 바라보던 유정상이 바로 그의 몸에 커서를 가져가 보았다.

[인간의 육체를 지배하고 있는 하급 마족 '벨루가']

순간 떠오른 메시지에 유정상의 얼굴이 황당함으로 물들었다. 설마 눈앞에 있는 마티 윌포드가 인간이 아니었다니 정말 상상도 못한 일이었다.

"너, 인간이 아니구나."

"무슨 말씀이신지……."

"지금 그 따위 개수작으로 날 속이겠다는 거냐?"

유정상의 눈빛이 날카로워지며 입가엔 살기 어린 미소까지 생겨났다. 상대가 인간이 아니라면 굳이 예의고 뭐고 따질 이유가 없다. 아니, 애초에 살려둘 필요도 없는 것이다.

이제까지 커서가 거짓된 정보를 알려온 적은 단 한 번도 없었기에 상대가 하급마족이라는 것은 의심할 여지가 없었다.

유정상이 벌떡 일어섬과 동시에 블랙로브가 생겨나며 그의 전신을 감쌌다.

그리고 그의 몸에서 강렬한 살기가 피어올랐다.

"인간의 행세를 하는 놈이 무슨 수작을 하는 건지는 모르겠지만, 날 만만하게 본 대가를 치르게 해주지."

블랙로브 특유의 음산한 소리가 실내를 울리자 순간 마티의 표정이 굳어갔다.

하지만 그는 예상보다 더 느긋한 음성으로 입을 열었다.

"정체까지 파악한 걸 보니 제 예상이 맞았군요."

"……?"

"일단 의뢰의 대가로 드릴 물건에 대한 이야기도 마저 들어보시고 판단하시면 어떨까 합니다."

"의뢰의 대가가 뭐건, 이제까지 던전에서 마족들을 사냥해 온 내가 어째서 너의 의뢰를 받아들일 거라고 판단한 건지 모르겠군."

마족을 사냥했다는 유정상의 표현에 마티 윌포드의 얼굴에 경악이 어렸다.

블랙로브가 인간이 아닌 것처럼 느껴질 정도로 강하다는 것은 이미 다양한 조사를 통해 알고 있었지만 설마 그동안 마족들까지 사냥하고 있을 줄은 몰랐던 것이다.

그러나 그 말은 놀랍기는 하지만 마티 윌포드에게는 오히려 반가운 말이었기에 살짝 기뻐하는 기색도 어렸다.

"네놈이 무슨 대가를 제시한다고 해도 나는 이미 돈 따위로 움직일 수 있는 사람이 아니야."

"그건 알고 있습니다."

두려움과 설레임이 복잡하게 어린 눈동자의 마티가 살짝 떨리는 음성으로 말하며 테이블 옆에 놓여 있던 상자를 열었다.

그저 장식품 정도로만 생각하고 있던 것으로 오래된 보물 상자의 모양을 한 물건이었는데 뚜껑을 열어 내용물을 보이자 그 안쪽에서 강렬한 빛이 쏟아져 나온다.

"……!"

그런데 그곳에는 예상치 못한 것이 들어 있었다.

"……이, 이건 뭐야?"

눈이 부릅떠진 유정상이 당황한 얼굴로 더듬거렸다.

놀랍게도 그가 내민 상자속의 물건은 빛나는 황금색의 화살표였다. 게다가 더 황당한 것은 그 화살표의 모양이 유정상이 가진 커서와 완전히 일치한다는 사실이었다.

단순히 우연이라고 생각하기엔 너무나 공교로운 물건이었다.

"역시 이렇게 반응을 하는군요."

"……?"

"이 물건이 이정도로 강렬한 빛을 내는 건 처음입니다."

하지만 마티의 설명에도 유정상은 아무런 대답 없이 그저 커서 모양의 황금빛 금속을 내려다보기만 했다.

지금 자신이 처한 상황 전부가 이해가 가지 않았던 것이다.

'이 물건이 어째서 여기에…… 그리고 왜 이놈이 내게 이걸 내밀고 있지?'

굳은 표정으로 그것을 바라보던 유정상은 고개를 들어 이글거리는 눈빛으로 마티의 눈동자를 들여다본다.

유정상의 눈빛은 마치 마음속을 꿰뚫어 볼 것처럼 강렬했고, 마티는 조금 흠칫하더니 이내 입을 열었다.

"이것은 황금커서라고 하는 아이템입니다."

"황금커서……."

이름을 전해들은 유정상은 자신의 눈앞에 있는 물건이 커서와 깊은 연관이 있다는 것을 다시 한 번 확인할 수 있었다.

그리고 공중에 떠 있는 커서를 올려다보자 어쩐지 오늘의 커서는 평소보다 더욱 빛을 발하고 있었다.

뭔가 있다.

그것이 무엇인지는 모르지만 지금 저 커서가 빛나고 있는 것이 눈앞의 황금커서와 관련이 있는 상황임은 틀림없었다.

그런데 그때였다.

단순한 조각품처럼 상자 속에 가만히 있던 황금커서가 갑자기 공중으로 떠오르기 시작했다.

"……!"

그리고 순식간에 유정상의 커서 속으로 빨려 들어가 버렸다.

꿀꺽.

어쩐지 뭔가를 삼키는 것과 비슷한 소리가 커서로부터 들려왔고, 이후 알 수 없는 수백 개의 문자로 분해되며 회오리치듯이 움직이기 시작했다.

그 신비로운 모습에 넋을 놓고 그저 멍하게 바라보는 유정상.

그리고 마주앉아 있던 마티는 전혀 예상하지 못한 일에 그저 경악하고 있을 뿐이었다.

그에겐 그저 눈앞에서 황금커서가 사라지며 강렬한 빛을 뿌리는 것으로만 보였을 뿐이었다. 또한 바로 그 자리에서 느껴지는 강한 마나의 요동에 압도당해 옴짝달싹하지 못하고 그저 입을 떡 벌린 채로 바라보고만 있었다.

이상한 문자들이 흩어졌다 모이기를 수없이 반복하는 모습을 바라보던 유정상은 곧 정신을 차리고 평소에 하던 것처럼 자신의 의지를 그곳에 실었다.

그러자 서서히 원래의 모양을 갖춰가기 시작하는 커서.

그러면서 곧 엄청나게 쏟아지던 빛은 사라지고 원래 유정상의 커서만 남게 되었다.

그런데 그 커서 주변에 흐르는 빛이 미묘하게 달라져 있었다. 디자인도 원래의 커서 모양에 비해 좀 더 세련된 모양으로 변해 버린 것이다.

쉽게 설명하면 커서가 한층 더 업그레이드가 된 것이다.

물론 확인된 건 아니지만.

"역시 당신이 이 황금커서의 주인이시군요."

주위에 휘몰아치던 마나의 폭풍이 가라앉자 그제야 겨우 정신을 차린 마티 월포드가 감격에 찬 음성으로 그렇게 말했다.

유정상은 조금 전까지 그를 죽이려 했던 것은 모두 잊어 버리고는 맥 빠진 느낌으로 다시 자리에 앉으며 물었다.

"도대체 이건 어디서 얻은 거지?"

"차원의 틈입니다."

"차원의 틈?"

"그렇습니다. 이미 눈치를 채고 계시니 말씀드리지요. 전 마계의 하급마족인 '벨루가' 라고 합니다."

그가 차분한 음성으로 유정상에게 이제까지 일을 설명하기 시작했다.

하급마족 벨루가.

그는 차원의 틈을 통해 인간 세상에 들어오게 되었다.

사실 그건 정말 우연히 발생한 일이었다.

어느 날 마계의 하늘이 번쩍이며 거대한 빛이 내려와 그를 강제로 타 차원으로 보내버린 것이다. 차원의 틈 사이를 지나는 과정에서 약한 하급마족의 육체는 소멸해 버렸고, 그의 영혼만이 지구로 건너와 버리는 황당한 일을 겪고 말았다.

그렇게 그가 이곳 지구에 온 것은 던전이 열리기도 전인 30년 전이었다.

그리고 그의 영혼이 처음 지구로 왔던 장소는 정신병원이었고, 그곳에 수용되어 있던 마티라는 젊은 사내의 몸에 우연히 빙의되었다.

갑작스런 발작에 혼수상태가 되었던 몸이라 쉽게 정신에 자리를 잡을 수 있었다.

그 때문에 인간의 몸을 가지게 된 벨루가는 인간인 마티의 기억을 얻을 수 있었고 그때부터 인간으로서의 삶을 살아오게 되었다.

그리고 벨루가가 가장 먼저 한 일은 그 곳에 있던 인간들을 마력으로 조종해 병원을 장악하고는 자신을 정신병자로 만든 그의 친척들을 모두 죽여 버린 일이었다.

그의 기억 속에 남아 있는 마티의 부모는 많은 재산을 소유한 자산가였고, 혈육은 마티가 유일했다.

마티의 존재로 인해 상속 순위에서 제외된 친척들이 그를 정신병자로 만들어 재산을 가로챈 것이었다.

원래라면 전혀 상관도 없는 자들이었지만 벨루가는 마티의 몸을 얻으며 그의 기억과 함께 그의 분노까지 자신의 것으로 가지게 되었던 것이다.

그 때문에 자신의 모든 역량을 동원해 결국 그 일에 가담한 사람들을 모두 찾아 죽여 버렸다. 벨루가에게 있어서 인간의 법과 도덕 따윈 아무런 의미도 없었다. 오직 마계의 삶에서 체득한 피의 율법만이 그의 유일한 가치관이었기에 그들을 살려둘 하등의 이유가 없었던 것이다.

하지만 불행하게도 벨루가는 복수를 마무리하는 과정에서 그가 가진 모든 마력이 고갈되었고, 결국 인간으로서의 삶을 살 수밖에 없었다. 그 당시의 그로서는 그 어떤 선택의 여지도 없었으니 당연한 일이었다.

그렇게 인간의 삶을 살아가며 자신이 가진 부를 이용해 본래 힘을 되찾기 위해 전 세계를 수소문했지만, 원래의 힘을 찾는 건 불가능하다는 결론만 얻게 되었다.

그렇게 모든 것을 포기한 채 벨루가가 인간으로서의 삶을 산 지 20년을 넘어간 어느 날, 예상치 못한 일이 벌어졌다. 지구에 던전이 생성된 것이다.

던전이 무엇인지 가장 빨리 깨달은 그는 인근 던전으로 가서 각성자가 되었고, 본래 소유했던 힘에 가까운 능력을 되찾게 되었다.

마티의 몸도 상당한 재능이 있었지만 벨루가의 영혼과 합쳐지면서 시너지를 얻었던 것이다.

힘을 되찾은 벨루가는 전 세계에 던전의 영향을 받은 각성자들이 생겨나고 있다는 사실을 파악했고, 자신이 가진 능력과 재력을 적극적으로 활용해서 그들을 모아 단체를 결성했다. 그렇게 탄생한 것이 지금 그가 이끌고 있는 뉴욕 헌터연합이었다.

그런데 본연의 힘을 되찾은 덕분인지 자신의 몸속에

뭔가 이상 물질이 들어 있다는 사실을 알게 되었는데, 그것이 바로 이 황금커서였다.

물론 벨루가는 이것을 꺼내기 위해 비밀리에 엄청나게 큰 수술을 받아야만 했다.

"황금커서가 네 몸속에서 나온 물건이라고?"

"그렇습니다. 어째서 저런 것이 몸속에 들어 있었는지는 전혀 알지 못합니다만, 분명한 건 얼마 전부터 황금커서에 변화가 있었다는 것입니다."

"……."

"그저 황금빛을 가진 아무런 특징도 없던 물건이었지만 몸속에서 나온 것이라 보관함에 넣어두고 있었습니다. 그렇게 한참을 잊고 지냈었는데, 얼마 전 우연히 그 상자의 틈으로 빛이 새어 나오는 것을 보게 되었고, 그때 황금커서가 이렇게 빛을 내고 있다는 사실을 확인했지요."

결국 마티는 그동안 가장 주목할 만한 사건에 대해 조사를 시작했고, 몇 가지 사건들이 그의 정보망에 걸린 후 그것들을 철저히 가려내는 동안 마지막으로 남은 것이 블랙로브와의 연관성이었다. 그리고 그의 의심은 옥타비아의 예언과 겹쳐지면서 확신이 된 것이다.

"옥타비아로부터 당신에 대한 이야기를 들은 직후 미정부차원의 의뢰를 넣은 것도 저였습니다. 이미 조사한 사항을 토대로 당신이 이 황금커서와 깊은 관련이 있을 거라고 추측하고 있었는데, 당신이 뉴욕에 도착했을 즈음부터 황금커서의 빛이 더욱 강해지는 것을 통해 제 짐작은 확신이 되었죠."

마티의 이야기를 듣던 유정상은 그가 강렬한 빛에 의해 차원을 넘어와 버렸다는 이야기를 들으며 자신이 처음 빛에 머리를 얻어맞고 시간을 거슬러 왔던 일을 떠올렸다.

마티, 아니 벨루가는 차원을 넘었고, 유정상은 시간을 초월했다.

그렇다면 유정상이 만난 커서가 머리에 박혔던 것처럼, 벨루가는 가슴속에 박혔을지도 몰랐다.

정확한 원인은 알 수 없지만, 자신의 경험으로 미루어 볼 때 그의 말은 충분히 신빙성이 있었다.

마티의 이야기를 한참동안 듣다 보니 처음 그가 말했던 의뢰가 떠올랐다.

"그럼, 몰렉이라는 녀석은 뭐지? 혹시 같은 마계의 놈인가?"

"그렇습니다."

"너와 무슨 관계라도 있었나?"

"저에게 원한을 가지고 있는 놈이지요."

"원한? 뭣 때문에."

"사실, 제가 마계에서 녀석의 보물을 훔쳤었습니다."

"보물?"

"뭐, 보물이라고 해봐야 이미 차원의 틈을 지나는 과정에서 제 육체와 함께 모두 소멸했지만요. 사실 저는 놈에게 쫓기던 상황에서 다급하게 도망치다가 한줄기 빛에 휩쓸리며 차원을 넘게 되었는데, 그 과정에 녀석도 저와 같이 차원을 넘어왔던 것 같습니다. 다만, 인간의 몸 안에 갇히게 된 저와 달리 놈은 던전의 내부에 갇혀 버린 것이지요. 이런 사실도 얼마 전에 우연히 알게 되었지만요."

탐사를 목적으로 여러 던전을 조사하던 중, 보스턴의 그래너리 묘지 부근에 새로운 던전이 발견되어 그곳에 헌터들을 파견했는데 그들이 알 수 없는 원인으로 실종되는 일이 발생했다.

그 때문에 마티가 직접 그 림보던전으로 들어갔다가 그곳에 몰렉이 있다는 것을 직접 확인한 것이다.

그런데 몰렉 역시도 인간의 모습을 하고 있는 마티를 용케도 알아본 것이다.

2급 각성자인 그로서도 몰렉을 대적할 수 없었고, 오히려 많은 숫자의 동료만을 잃으면서 겨우 탈출할 수 있었다.

그는 던전을 탈출하던 그 순간 몰렉의 원망에 찬 외침소리를 아직도 잊을 수가 없었다.

"벨루가! 네놈을 반드시 씹어 먹어 버릴 것이다!"

그날 이후 마티는 그날의 일 때문에 수시로 악몽을 꾼다는 이야기도 했다.

"녀석을 죽여주십시오."

유정상의 입장에서 이미 자신의 커서가 황금커서까지 먹어 버린 상황이니 그냥 모른 척 입을 닦을 수도 없었다.

대충 봐도 다시 황금커서를 토해내는 것은 불가능해 보였다.

그렇게 미간을 찌푸린 채 생각에 잠겨 있는데 예상 못한 일이 생겼다.

[미션의뢰]
[마계의 추격자 '몰렉'을 제거하라.]
[선불을 미리 받았으므로 취소할 수 없다.]

'......!'

황금커서는 지 놈이 먹어놓고는 취소할 수 없는 미션이라고 던져준다.

황당함에 잠시 말을 멈추고 미션 메시지를 바라보고만 있자 마티가 의아한 표정으로 유정상을 바라보았다.

"왜, 그러시죠?"

"아니, 아무것도 아니야."

어차피 미션까지 떨어졌으니 기왕이면 쿨하게 의뢰를 받는 것처럼 보이는 것이 좋을 것 같다고 생각했다.

그리고 유정상은 마족을 사냥하는 의뢰라면 언제는 받아들일 마음의 준비가 되어 있었다.

비록 그 의뢰를 주는 대상도 반쯤은 마족이라고 해도 말이다.

"좋아. 그 의뢰는 받아들이지."

메사추세츠주 보스턴의 그래너리 묘지 인근의 '림보' 던전. 등급은 8성급이었다.

지역 명칭 때문에 묘지라는 별칭이 붙은 곳이었지만, 이미 던전 때문에 묘지라기보다는 그저 황폐해 진 벌판에 가까웠다.

그 때문에 주위로는 거대한 장벽이 만들어져 있었고 던전의 입구 쪽에는 보안관 복장의 사람들이 소총을 든 채 경계를 서고 있는 모습이 보인다.

블랙로브를 착용한 채로 장벽의 철문으로 다가가자 사무실 위에서 경계 근무를 서고 있던 사람이 망원경으로 확인하며 무전기로 연락하는 모습이 보인다.

그리고 잠시 뒤 검은 제복을 입은 몇 명의 사람들이 유정상 쪽으로 다가왔다.

"연락은 이미 받았습니다. 그냥 들어가시면 됩니다."

마티가 블랙로브가 그곳에 도착할거라는 이야기를 미리 해 둔 모양이었다.

유정상은 아무 말 없이 그들이 열어준 철문을 통과해 들어갔다.

철문 안으로 들어서니 넓은 공토 한가운데에 검은 던전 게이트가 일렁이고 있다.

담담한 표정으로 내부를 훑어보던 유정상이 던전 게이트

안으로 들어섰다.

팟.

"······?"

황폐화 되어 버린 밖과는 달리 의외로 평범한 느낌의 숲이 눈앞에 펼쳐졌다.

정글도 아니고 황량하지도 않다.

그저 어느 곳에서나 볼 법한 평범한 숲으로, 나무의 크기도 적당하고 풍경도 익숙하다.

평범하지만 따스하면서도 정겹다.

언젠가 와 본 적이 있었나 싶을 정도로 눈에 익은 곳이었다.

팟. 팟.

주코와 백정이 빛을 뿌리며 모습을 드러냈다.

"방가! 주인!"

"삐이이이!"

두 녀석이 동시에 소리친다.

그런데 주코가 주변을 두리번거리며 유정상에게 말했다.

"이곳은 느낌이 좀 다른데?"

"그래? 어떤 느낌이지?"

"후흡."

공기를 한번 가슴 깊숙이 들이키더니 곧 고개를 갸웃거린다.

"글쎄? 마나의 에너지도 적당해서 그리 높은 등급의 던전은 아닌 것 같은데?"

"뭐? 너 감각이 맛이 간 거 아니야? 여기 8성급이라고."

"으엑! 정말? 이렇게 평범한데? 대충 5성급 아래라고 생각했는데."

사실 유정상도 주코와 비슷한 생각을 했었다. 하지만 이곳은 미정부가 인정한 8성급의 던전이다. 아마도 던전 에너지를 철저하게 조사했을 테니 틀리지는 않았을 것이다.

그런데도 7성급의 요동치는 듯한 에너지에 비해서 이곳은 무척 잔잔한 느낌이다.

모처럼 편안한 장소라는 생각에 긴장이 풀리는 것 같아서 얼른 자신을 추스른 유정상이 커서의 방향을 확인하며 이동을 시작했다.

이번 미션은 특별히 시간제한 같은 것도 없으니 그리 서두를 필요는 없었다.

유정상은 방심과 조심의 사이를 오락가락하면서 이동해 가다 넓은 길을 발견했다.

"큰길?"

던전의 내부에 인위적인 길이 있다는 건 분명 이상한 일이다.

각성자들이 들어와 활동을 하면서 만들어 둔 길일가능성도 있었으나, 과연 무슨 일이 벌어질지 알 수 없는 8성급의 던전에서 길을 만들 여유라는 게 있었을까 싶었다.

물론 유정상도 8성급 던전에 대해서는 별다른 정보를 알지 못했기에 확신할 수 없었다. 미국에서도 8성급 이상의 던전에 대한 정보를 철저하게 통제하고 있었기에 어느 곳에서도 접할 수가 없었다.

음모론처럼 '이렇다더라, 아니 저렇다더라.' 하는 정도의 추측성 소문만 무성할 뿐이었다.

하지만, 음모론에서도 8성급 던전을 이렇게 평범하게 말한 것은 없었다. 적어도 유정상이 알고 있는 범위 내에서는 말이다.

그리고 큰길 위에 서서 커서의 방향을 확인하며 다시 이동했다.

커서가 가리키는 곳과 길의 나 있는 방향이 동일했다.

길을 따라서 이동하면 목적하던 몰렉이라는 녀석을 만날 수도 있을 것 같았다.

그런데 유정상은 길을 따라 걸어가면서 단 한 마리의 몬스터도 만나지 못했다.

물론 자그마한 초식형 몬스터 몇 마리를 보기는 했지만, 맹수형이나 괴수 종류는 전혀 보질 못했다. 지구에 있는 어느 숲의 산책로를 거닐고 있다는 착각이 들 만큼 지루할 정도로 아무 일이 없었던 것이다.

"심심한 던전이네."

유정상 주변에서 느린 속도로 비행하던 주코 역시 투덜거렸다. 백정도 자그마한 날개를 퍼덕이며 위아래 주변을 이리저리 살핀다.

일반적인 던전이었다면 지금쯤 뭔가 이상한 놈들이 나타

나서 덤벼들어야 하는 게 정상이었으니 당연한 반응이었다. 거기다 지금 있는 곳은 8성급의 던전이다.

7성급과도 또 다른 영역의 던전인 것이다. 그런데도 너무나 평화롭기만 했다.

그렇게 두세 시간을 더 걸었을까? 슬슬 배가 고파왔다.

급한 일도 없으니 밥이나 해 먹을 겸해서 길 옆의 숲속으로 들어가 대충 자리를 확인해보니 활력의 불꽃의 사용할 만한 장소를 찾을 수 있었다.

화악.

모닥불이 피어올랐다.

활력의 불꽃 영역도 이전에 비해 방대해져서 이제는 꽤나 넓은 영역을 만들었다.

모닥불 앞에 자리를 잡고 잠시 앉아 있으니 걸으면서 쌓였던 피로도 서서히 풀렸다. 그사이 백정은 커다란 철갑돼지 한 마리를 사냥해 끌고 왔다. 이놈은 주로 하급 던전에 서식하는 놈이라 의외였지만, 지금은 그런 것을 따질 상황이 아니었다.

곧바로 인벤토리를 열어 냠냠플레이어의 냄비2를 꺼냈다.

그리고 첫 번째 버튼을 눌러 쇠꼬챙이로 만들어서 백정이 깔끔하게 다듬어놓는 고기를 길게 끼웠다.

그러자 다듬어진 철갑돼지가 꼬챙이에 길게 끼워진 채로 공중에 뜬다. 그리고 그 상태로 삽시간에 골고루 맛있게 구워졌다. 몇 초 걸리지도 않았는데 고기가 다 익어 버린 것이다.

따로 간을 하지 않았음에도 냄새가 입맛을 자극했다.

"냄새 좋은데?"

"나도 나도."

주코가 철갑돼지고기를 보더니 눈이 뒤집혀 달려들려 하다가 유정상에게 꿀밤을 맞았다.

"아야!"

"밥값도 못한 녀석이 먹을 때만 이 난리야."

"치사하다. 주인. 어차피 백정이는 이런 거 못 먹으니까 내가 대신……."

"시끄럿!"

그렇게 말하면서도 고기 한 점을 주코에게 내밀자 단순한 녀석은 금방 찌푸렸던 얼굴을 활짝 펴고는 정신없이 고기를 뜯기 시작했다.

냠. 냠.

"너무 평화롭네. 거슬릴 정도로."

"조용하면 좋지. 뭘 걱정해. 쩝쩝."

"나도 그냥 아무 일 없었으면 좋겠지만……."

유정상이 주변을 한 번 훑어본다.

정말 고요한 숲이다.

평화롭다고 생각하면서도 어쩐지 마음 한 구석엔 조금 찜찜한 느낌이 든다.

'어째서 이런 기분이 드는 거지?'

근거가 없는 느낌이었기에 고민을 해 봐도 이유를 알 수는 없다.

그런데 유정상이 식사를 마저 하려고 고기 한 점을 입에 가져가려는 순간, 한 그림자가 주변을 스쳐 지나가는 모습이 보인 것 같은 기분이 들었다.

"……?"

유정상이 몸을 벌떡 세웠다.

주변에 뭔가 있는 게 틀림없다. 하지만, 당장 눈에 보이거나 다른 감각에 걸리는 건 없다.

모든 감각을 최대한 확장시켜보았다.

능력이 오르며 예민해진 유정상의 감각에 뭔가 미세한 느낌이 감지된다.

하지만 유정상은 다시 자연스럽게 들고 있던 고기를 씹으며 아무것도 눈치 채지 못한 듯 행동하며 천천히 걸어서 안전지대를 벗어나기 시작했다.

하지만 그런 사정을 알지 못하는 주코는 게걸스럽게 고기를 씹어 삼키며 의아하다는 표정으로 물었다.

"어디가 주인?"

"오줌 싸러 간다."

"그럼, 멀리 바깥으로 나가서 싸. 영역 안에서 싸면 냄새 나니까."

"알았다. 짜식아."

유정상이 투덜거리듯 말하며 자연스럽게 영역을 벗어났다.

그리고 가까운 나무쪽에 가서 볼일을 보는 척 하자 역시나 뭔가가 다가오는 듯한 느낌이다. 하지만 유정상은 여전히 아무것도 모른다는 듯 능청스럽게 휘파람까지 불었다.

등 뒤로 점점 다가오는 기척.

그리고 어느 순간 몸을 휙 돌리자 다가오던 검은 그림자가 화들짝 놀라며 번개처럼 몸을 날려 도망쳤다.

"어딜!"

빠르게 커서를 이동시켜 그 그림자 놈을 붙들려 했다. 그러나 간발의 차이로 놈이 커서를 빠져나가 버렸다.

"젠장!"

유정상이 놈이 사라진 방향을 향해 이네크의 걸음을 극성으로 발휘하며 달려갔다. 그러나 얼마나 빠른 놈인지 전혀 흔적도 없이 사라지고 말았다.

"어디로 사라진 거지?"

놈을 잡는데 허탕을 친 유정상이 눈알을 사방으로 데굴거리는데 안전지대가 있던 장소에서 주코의 비명소리가 들렸다.

곧바로 원래 있던 장소로 빠르게 달려오자 안전지대가 완전히 사라져 있었고, 주변은 뭔가 요란한 싸움이 있었는지 엉망이 되어 있었다.

"삐이이이!"

백정이 털을 바짝 세운 채 나무 위에서 유정상이 있는 곳으로 점프하더니 날개를 퍼덕이며 바닥에 착지했다. 그리고 주코는 은신마법을 풀며 나무 뒤쪽에서 모습을 드러내더니 유정상에게 급히 다가와 소리쳤다.

"뭐, 뭔가가 갑자기 덮쳤다고!"

"뭘 봤는데?"

"몰라. 그냥 검은색만 봤을 뿐이다. 너도 그렇지?"

"삐이이이."

주코의 물음에 백정도 고개를 끄덕이며 대답했다.

그런데 그사이 모닥불이 사라졌고, 바닥도 잔뜩 파헤쳐져 있었다.

"활력의 불꽃이 사라졌군."

파괴된 것은 아니다. 아직 디스플레이에 활력의 불꽃의 표시가 남아 있는 걸 보면 약탈을 한 게 틀림없었다. 거기다 놈이 약탈한 물건은 또 있었다.

냠냠플레이어의 냄비2가 사라져 버린 것이다.

"나참. 어이가 없네."

유정상이 어이가 없는지 곧 피식 웃고 말았다.

활력의 불꽃 안으로 들어왔다면 몬스터는 아니라는 의미인데 왜 갑자기 습격을 했는지 또 놈이 어떻게 활력의 불꽃을 가져갈 수 있었는지 알 수가 없었다.

일단 유정상은 빠르게 놈이 남긴 흔적을 커서로 살폈다.

업그레이드 된 커서가 유정상의 의도를 파악하고는 흔적을 찾아준다. 거기다 간단한 흔적의 설명까지 더해준다.

[정체불명의 생명체가 지나쳐간 자리.]

[크기와 형태가 인간을 닮아 있다.]

'인간을 닮아 있다라, 인간형의 몬스터인가?'

그리고 곧바로 그 녀석의 이동방향도 알려주었다. 괜히 황금커서까지 삼킨 건 아니라는 듯이 이전에 비해 직관적이면서도 더욱 기능이 강화되었다.

"너희들은 거리를 두고 천천히 따라와. 알겠지?"

"알았어!"

"삐이이."

유정상은 먼저 커서가 가리킨 방향으로 빠르게 달려갔다.

그러자 앞서가는 커서가 주변을 이리저리 스캔하면서 위험요소까지 살핀다.

그리고 정체모를 뭔가가 발견되며 붉은색으로 표시되는 그 순간.

파파팟. 휘릭. 휘리릭.

"엇!"

유정상의 몸 주위로 강한 밧줄이 달려들더니 몸을 칭칭 감아버린다. 그리고 그 상태로 강력한 마법진이 있는 곳까지 끌고 가 그곳에 가두어 버렸다.

털썩.

유정상의 몸이 묶인 채로 마법진 위에 떨어졌다.

강력한 마법진이 유정상의 힘을 분산시키는 역할을 하며 더욱 빠져나오지 못하게 만들었다.

　밧줄을 풀기 위해 버둥거리던 유정상이 힘이 빠졌는지 마법진 위에서 축 늘어졌다.

　그리고 잠시의 시간이 더 흐른 뒤에 그림자 하나가 조심스럽게 모습을 드러냈다.

　전신이 정말 그림자처럼 검은 형태를 가지고 있었는데 그는 쇠꼬챙이를 든 채로 마법진 위에 늘어진 유정상을 내려다보고 있었다.

　"그거, 내거 맞지?"

　갑자기 뒤쪽에서 들려오는 음성에 화들짝 놀란 그림자.

　그가 몸을 돌리자 어느 샌가 그곳에는 바닥에 쓰러져 있어야 할 블랙로브의 유정상이 서있다.

　놀란 그림자가 고개를 돌려서 다시 쓰러진 유정상을 바라보니 마법진 위에 늘어져 있는 형상은 곧 스스슥하며 연기처럼 사라져 버렸다.

　"네가 들고 있는 그거 내거 같은데?"

　"쳇, 속은 건가?"

　투덜거리며 꼬챙이를 다시 품속으로 넣어버렸다.

　"어라? 말을 하는 거 보니까 역시 일반적인 몬스터는 아닌가보네."

　"내 영역에 들어온 이상 살아 나갈 생각은 하지 마."

　"영역? 그럼 표시를 해놓지 그랬어."

"죽일 거다!"

"그럴 능력이 있다면 그래보시던가."

말은 그렇게 하면서도 유정상은 내심 놀라고 있었다.

그림자에게 커서를 사용해 확인했더니 다른 정보는 보이지 않고, 그저 레벨만 덩그러니 보여 황당하긴 했지만 어쨌건 녀석의 레벨은 110이었으니까.

애초에 지금까지 100레벨을 넘는 존재를 만나본 일이 없었으니 당연한 일이었다.

그러나 유정상 본인의 레벨은 벌써 136이다.

물론 최근 커서의 업그레이드도 있었고, 육체 강화역시도 있었으니 실제적으로는 더 높은 수치의 상대도 충분히 감당할 자신이 있었다.

번쩍.

놈이 빠른 속도로 유정상의 주변을 맴돌다 뭔가를 내질렀다.

터엉.

커서 방패가 나타나 그 공격을 가볍게 막아낸다.

커서의 업그레이드로 커서 방패의 움직임과 방어력이 상승했다는 것을 이 한 번의 방어만으로도 충분히 알 수 있을만큼 이전과는 다른 느낌이었다.

그림자 녀석도 자신의 공격이 쉽게 가로막혀 버렸다는 사실에 조금 놀랐는지 주춤거리는 모습도 보인다.

하지만 이내 다시 공격해 들어온다.

빠른 연속 찌르기의 공격.

그러나 그 역시 마찬가지로 방패에 의해 쉽게 막혀버린다. 거의 절대방어에 가까운 커서 방패의 모습에 기가 질렸는지 그림자 녀석도 주춤거리며 뒤로 물러섰다.

그런데 몇 번의 공격을 커서 방패가 막아내는 동안 유정상의 감각은 점점 녀석의 빠른 움직임에 적응하고 있었다.

눈으로 보고 쫓는다던가 하는 레벨에서는 잡을 수 없었지만 모든 감각을 동원해서 녀석의 힘이 어떻게 움직이는지를 느끼자 결국 그 방향을 미리 인지하는 것으로 놈을 포착할 수 있었던 것이다.

처음엔 자신보다 레벨이 낮으면서도 더 빠른 움직임을 보여 어떻게 싸워야 할지 쉽게 판단할 수 없었지만, 점차 속도에 적응되니 이젠 커서 방패의 도움을 받지 않더라도 충분히 싸울 만하다는 생각이 들었다.

그동안 자신의 능력에 비해 그리 강하지 않은 존재들과의 손쉬운 싸움만 하다보니 싸움에 대한 감각이 무뎌진 탓도 있었던 것이다.

그림자는 지금 꽤나 당황하고 있었다.

자신의 공격이 모두 봉쇄당한 건 예전에 만났던 '그놈' 이후로 처음 있는 일이었다.

그동안 자신의 영역을 침범했던 수많은 적들이 있었고, 그들은 누구할 거 없이 모두 그의 손에 목숨을 잃어야만 했다.

물론 자신의 영역을 침범한 이들은 그리 많지 않았다. 애초에 영역이 그리 크지도 않았지만 일부러 누군가를 죽이는 일 자체를 그리 좋아하지 않았기 때문이었다.

뭐, 영역이 이렇게 좁아진 것도 그 무지막지한 놈 때문이긴 하지만.

어쨌건, 지금 이놈은 자신의 영역으로 들어왔고, 더불어 그동안 잠들어 있던 자신의 전투본능을 깨우고 있었다.

그림자는 지금 눈앞의 인간이 상당히 위험한 적이라는 것을 점점 깨닫고 있었던 것이다.

파파팟.

콰가가가강.

유정상이 폭격펀치를 날렸지만 그림자는 그것을 빠르게 피해냈다.

유정상의 능력이 상승하면서 자동적으로 공격력과 스피드가 업그레이드되긴 했지만 필살기라고 할 만한 공격이 아니었기 때문에 저렇게 빠른 그림자 놈을 잡기는 어려웠던 것이다.

하지만 유정상도 그것을 모르는 바는 아니었다.

이미 놈의 움직임에 적응하면서 감각을 되살리다 보니까 어쩐지 한 방에 끝을 내기 싫어졌고 조금 더 싸움을 끌어보고 싶었던 것이다. 그리고 그런 마음으로 싸움에 임하다 보니 유정상은 시간이 흐르면 흐를수록 더욱 움직임에 여유가 생겼다.

그런데 빠르게 유정상의 주위를 맴돌던 그림자가 갑자기 움직임을 멈추었다.

"……?"

순간 유정상도 녀석을 따라 멈추었지만 어째서 멈춘 건지는 알 수 없어 고개를 갸웃거린다.

"그만할래."

"뭐?"

"이제 알겠다. 나, 너 못 이겨."

그림자가 이렇게 갑자기 싸움을 포기할거라고는 전혀 예상하지 못했다.

"너 그냥 보내줄게."

"허!"

그림자의 말에 유정상의 헛웃음이 나왔다.

"보내준다니, 졌다고 선언하는 니가 할 소리는 아닌 거 같은데."

"쳇! 돌려주면 되잖아. 대단한 물건도 아닌 것 같구만."

그림자 녀석은 그렇게 말하고는 품안에서 물건 하나를 꺼내더니 유정상에게 툭 던진다.

커서로 재빨리 받아든 유정상은 그 물건이 바로 냄비의 1단계 변신형인 쇠꼬챙이라는 것을 확인하고는 곧바로 인벤토리에 넣었다.

"하나 더 있지 않았나?"

그 말에 녀석이 다시 활력의 불꽃을 꺼내더니 바닥에

툭 던진다. 어떻게 만지는지는 몰라도 역시 그림자 녀석
은 활력의 불꽃을 평범한 아이템처럼 만지고 있었다.

유정상은 놈이 대체 어떤 존재일지 궁금해서 살짝 고민
을 하는데 녀석은 모두 끝났다는 듯이 후련한 표정으로 말
했다.

"이젠 더 없지?"

뻔뻔하게 말하는 놈을 보니 유정상의 어이가 없어질 듯
말 듯 한다.

"훔쳐간 물건 돌려주면 없던 일이 되는 건가?"

"미안, 그럼 됐지?"

"뭐, 이런……."

잠시 헛웃음을 짓던 유정상이 번개처럼 움직이며 녀석에
게 달려들었다.

그리고 놈의 얼굴을 향해서 빠르게 주먹을 내질렀다.

"우왁!"

방심하고 있던 놈이 깜짝 놀라고는 비명을 질렀다. 하지
만 유정상은 바로 놈의 코앞에서 주먹을 멈춰 세웠다. 하지
만 그 거리가 1센티도 안 남아서 놈이 거칠게 몰아쉬는 숨
이 주먹 위로 느껴질 정도였다.

그림자만 있는 놈이어서 얼굴이 보이지는 않았지만 말이다.

꿀꺽.

놈이 침을 삼켰다.

"……!"

"네가 시작한 싸움이야. 이런 식으로 어영부영 끝낼 수 있을 것 같았냐?"

"그, 그럼 어떻게 하라고?"

"여기서 내게 맞아 뒈지든지, 그게 싫으면 널 죽이지 말아야 할 이유를 설명해 보던가? 물론 내가 설득이 되어야 하겠지만."

"칫."

"그러니까 애초에 남의 물건을 노린 게 잘못이지."

유정상이 능글맞게 히죽거리며 이야기했다. 물론 그 표정도 녀석처럼 로브의 어둠속에 가려 보이지 않았지만 말이다.

잠시 머뭇거리던 녀석이 다시 입을 열었다.

"외부의 인간이 가져온 물건은 신기한 게 많아서 호기심 때문에 그런 거니까, 용서해줘."

그 말에 유정상은 호기심이 생겼다.

"내가 외부에서 왔다는 건 어떻게 알았지?"

"그야, 내가 본 인간은 모두 외부에서 왔으니까."

유정상을 만나기 전에도 녀석은 이런 식으로 헌터들을 상대로 뭔가를 많이 훔쳤는지도 몰랐다. 물론 유정상에게 상관없는 일이었다.

"넌, 정체가 뭐지?"

"섀도맨, 올브리안 최고의 연금술사 지노 알바레스가 내 아버지다. 그가 나에게 생명을 주었지."

"울브리안? 그게 뭐지?"

"여기 숲을 지배하는 종족이지."

"그럼, 지금은 네 아버지랑 살고 있냐?"

"아니, 나쁜 족장 몰렉이 아버지를 살해했다."

그 말에 유정상이 깜짝 놀랐다.

"몰렉? 지금 분명 몰렉이라고 했지?"

미션의 대상 이름이 나오자 다시 한 번 확인하듯 물었다.

"맞다. 몰렉. 너도 그 씹어 먹을 놈을 잘 알고 있나?"

"잘 알지는 못하지만 녀석을 만나야 할 이유는 있지."

"왜? 너도 나처럼 놈에게 원한을 가지고 있는 거냐?"

"원한은 아니고, 그냥 개인적인 사정이지."

"난, 그놈 반드시 죽일 거다."

하긴, 자신의 아버지와 같은 존재를 죽였다면 복수심이 불타오르는 것도 이해 못할 일은 아니다. 유정상이 녀석의 입장이라도 같은 생각을 했을 테니.

그 때문일까, 녀석에게 측은한 마음이 들었다. 그런데 섀도맨은 활활 타오르는 눈빛으로 황당한 말을 이었다.

"그 놈이 날 이곳으로 쫓아냈다. 그러니까, 용서 못해."

"아버지 복수가 아니고?"

"아버지는 약해서 당했으니까. 할 수 없는 거지."

"헐."

녀석의 말을 들은 유정상은 무슨 이따위 논리가 다 있나 싶어 어이가 없었다. 하지만 녀석은 자신이 가진 비틀린

관념을 너무도 진지하고 당당하게 말하고 있었다.

"날 이런 곳까지 쫓아냈으니 절대로 가만두지 않을 거다."

대화를 하면 할수록 이상한 정신세계를 가진 녀석이란 느낌이 들자 혼내주겠다는 마음도 사라져 버렸다. 어쩐지 서너 살짜리 어린애를 상대하는 기분이 들어서였다.

유정상이 한숨을 푹 쉬며 돌아섰다.

"응? 어디가?"

"네 말대로 받을 건 다 받았으니 그냥 돌아가련다."

"내 이야기 더 들어보지 않고?"

"됐다. 들을 만큼 들었어."

그렇게 유정상이 머리를 긁적이며 걸어가자 뒤에서 녀석이 소리친다.

"내 이름은……."

"알아, 임마. 섀도맨이라며?"

"아니, 그건 종족명이고, 이름 말야, 이름."

"됐다. 네의 이름 따윈 알고 싶지도 않아. 또 볼일도 없고."

"에이, 그건 아니지."

녀석이 유정상을 따라 붙었다.

뭔가 이렇게 헤어지는 게 아쉬운지 머리를 긁적였다.

그 때문에 유정상은 미간을 찌푸렸다. 아무래도 귀찮은 녀석과 얽힌 것 같은 기분이 들었기 때문이었다.

그렇게 자연스럽게 자신의 곁으로 다가온 녀석을 보니 키 차이가 제법 났다.

섀도맨은 대충 2미터 정도로 가까이에 서면 고개를 들어 올려다 볼 정도로 큰 키였다. 나름의 배려였는지 녀석은 꾸부정한 자세로 눈높이를 맞춘 채 유정상의 옆에 따라붙으며 계속 수다를 떨었다.

"내 이름은 산제이라고 해. 내가 직접 지은 거야. 어때? 이름 괜찮지?"

"……."

"네 이름도 가르쳐줘."

"……."

"내 이름 가르쳐 줬으니까, 너도 가르쳐 줘, 응?"

"아, 거……. 귀찮게. 쯧!"

그런데 둘이서 투닥거리던 때에 주코와 백정이 다가왔다.

"주인, 신나게 싸우다가 갑자기 정이라도 든 거냐? 왜 이 놈이랑 친근한 척 붙어 있어?"

"심란하니까, 말시키지 마라."

"칫, 나만 갖고 그래."

"얘 이름이 주인이야?"

주코의 말을 들은 산제이가 얼른 반가운 얼굴로 그렇게 물었다. 그런데 산제이의 말이 무슨 뜻인지 알아듣지 못한 주코는 그를 향해 인상을 쓰면서 물었다.

"뭐라는 거야?"

"너, 방금 애보고 주인이라며?"

"……헐, 이놈 좀 모자란 놈인 거 아니냐?"

"주인 맞지?"

"그래. 주인 맞다. 이름이 주인이야. 킥킥."

주코가 웃으며 이야기했음에도 전혀 놀리는 것임을 알아 듣지 못한 산제이는 꽤나 진지한 표정으로 유정상에게 다 가가며 친근하게 말했다.

"야, 주인. 반갑다."

뭔가 분위기가 이상하게 돌아가니 유정상은 한숨만 더 나왔다.

더 감당하기 힘들어지기 전에 서둘러 이곳의 미션을 해 결하고 던전을 떠나기로 마음먹었다.

왠지 머리가 아파오는 상황에 유정상은 고개를 가로저으 며 혼잣말을 중얼거렸다.

"아무래도 처음부터 의뢰를 잘못 받은 것 같네."

"뭐?"

"됐고. 넌, 여기 네 영역이나 잘 지키며 살아."

그렇게 말한 유정상이 커서의 방향을 확인하며 걸어가자 산제이가 서둘러 따라 붙으며 묻는다.

"어디 가는데? 설마, 그 몰렉 놈한테 가는 거야?"

"……."

유정상이 대답하지 않자 혼자서 살짝 고민해보던 산제

이가 낮은 비행마법으로 이동하던 주코에게 다가가서 물었다.

"주인, 몰렉놈에게 가는 거 맞지?"

아직도 유정상을 주인이라고 말하는 산제이가 조금 우스웠지만 주코는 모른 척 태연하게 대답했다.

"그래."

"왜? 그놈이랑도 친구가 되려고?"

"엥? 너, 주인이랑 친구 먹었냐?"

"너도 방금 봤잖아. 이젠 우리 친구야. 친구."

"내 눈엔 그렇게 안 보였는데……. 백정, 너에게도 그렇게 보이디?"

"삐이~"

백정이 어이없다는 표정으로 고개를 가로젓는다. 백정의 반응을 본 산제이는 불퉁한 표정으로 억지를 썼다.

"친구 맞다니까."

"절대 아니거든."

"에이 씨……. 아무튼 주인이 몰렉이랑 친구하려고 가는 거냐고?"

"친구는 개뿔. 잡아 죽이러 가는 거야! 누가 친구를 사귀러 던전에 오냐?"

주코가 어이가 없다는 표정으로 어깨를 들썩이며 말했다. 그러자 찌푸려졌던 산제이의 표정이 금세 활짝 펴졌다.

"정말? 주인이 그 자식을 죽이러 가는 거야?"

"그렇다니까."

"우와, 주인 최고다! 나도 따라갈래!"

그 말을 들은 유정상이 발걸음을 툭 멈추었다.

그리고는 몸을 돌리더니 주위가 싸늘하게 얼어붙을 것처럼 살벌한 목소리로 말했다.

"뒈지고 싶으면 따라와도 돼."

"헉!"

결국 유정상의 협박에 기가 죽은 산제이는 어깨를 축 늘어뜨리고 떠나는 그의 뒷모습을 우두커니 바라만 봐야했다.

그런데 잠깐 걸어가던 유정상이 다시 걸음을 멈추었다. 그리고는 언제 화를 냈냐는 듯이 평온한 말투로 산제이를 돌아보며 물었다.

"몰렉이 사는 곳에 대해 자세히 설명해봐."

커서가 가리키는 곳에 도착했다.

어느새 유정상은 숲의 분지를 발견했고, 그곳에 많은 수의 유사 인종이 모여 있음을 알게 되었다.

대충 산제이가 설명한 동네와 비슷해 보이는걸 보면 잘 찾아온 것 같았다.

물론 던전에 이런 마을이 또 있을 거라 생각하기는 어려우니 분명할 것이다. 확실한 건 아니지만.

겉모습은 인간처럼 보이지만, 자세히 보면 머리 양옆에 커다란 귀가 쫑긋 솟아 있다. 거기다 엉덩이 쪽엔 꼬리도 살랑거리며 움직이는 것이 보인다.

"뭐지? 개과인가?"

"늑대 같은데?"

몸을 숨긴 채 마을을 살피던 유정상의 말에 곁에서 주코가 수군거리며 대답했다. 뭔가 핀트가 어긋난 것 같은 주코의 대답에 유정상이 피식 웃으며 말했다.

"늑대도 개과 아니야?"

"몰라, 인간이 정한 그런 규칙 따위……."

처음엔 소환수들을 불러들여 마을 전체와 전투를 벌일까도 생각해봤지만, 괜스레 평화롭게 보이는 곳에 피바람을 불게 하는 것도 그래서 그냥 몸을 숨기고 주변을 관찰하고 있었다.

그리고 여기 늑대귀를 한 인간들을 커서로 확인해보니 [울브리안]이라는 종족이었고, 대체적으로 레벨이 50 안팎이었다. 물론 간간이 몸집이 좋아 전투형으로 보이는 울브리안은 80 이상의 레벨을 가진 놈들도 있긴 했지만 말이다.

어쨌든, 이정도면 전투형의 경우 소환수들보다 평균레벨이 더 높으니 쉽지 않은 싸움이 될지도 몰랐다.

마을의 규모를 고려하면 대충 1천 마리 안팎의 개체가 있으리라 판단되지만, 정확한 거야 붙어보기 전에는 모르는 일이었다.

마을은 인간의 마을과 비슷한 모양으로 대부분 통나무로 지은 집이었고, 울브리안은 인간처럼 옷을 입고 다니는 종족이었다.

대체적으로 중세 유럽의 평민복장처럼 보이지만, 그쪽 지식이 없는 유정상으로서는 그저 고블린들이 몸에 걸치고 다니는 누더기와 비스무리하게만 보일 뿐이었다.

"여기 부족장이랬지?"

"응."

주코가 고개를 끄덕이자 빠르게 커서를 이용해 마을을 살핀다. 커서가 마을 이곳저곳을 돌아다니며 대략적인 정보를 파악하는 동안, 마을엔 무슨 일이 있는지 울브리안들이 중앙 공터에 모여들었다.

"오늘 무슨 날인가?"

주코가 중얼거리며 울브리안들을 호기심어린 눈으로 바라보았다.

유정상 역시도 그들의 모습에 궁금증이 생겨서 좀 더 자세히 살펴본다.

공터 중앙에 모인 울브리안들은 대체적으로 가슴이 도드라져 보이는 게 여성체로 보인다는 사실이 조금 특이했다.

"응?"

그런데 집중해서 보니 뭔가 익숙한 장면들이다.

중앙의 한 장소에는 다양한 물건들이 잔뜩 모여 있었고, 그것에 관심을 보이며 몰려드는 울브리안 여자들의 움직임을 보다 보니 떠오르는 건 하나였다.

"시장인가?"

"시장?"

"물건을 사고파는 장소 말이야."

"흐음. 그렇구나."

중앙에 복잡하게 모여드는 울브리안들을 보며 이곳도 사람이 사는 곳과 다를 바가 없는 곳이라는 걸 새삼 느꼈다.

유정상이 그렇게 잠시 동안 그들의 모습을 살펴보고 있던 그때, 중앙에서 물건을 팔고 있는 장사꾼이 울브리안이 아닌 인간이라는 사실을 발견할 수 있었다. 그것도 검은색의 헌터복장을 하고 있는 인간이었다.

일단 눈앞에 보이는 저 인간에 대한 조사가 필요하다는 생각을 하며 유정상은 녀석이 장사를 마치고 마을에서 벗어나기를 기다렸다.

대략 한 시간정도의 시간이 흐르자 물건을 다 팔았는지 주섬주섬 자리를 정리하고는 광장을 벗어나는 게 보였다.

유정상이 서둘러 녀석의 뒤를 따랐다.

몰렉을 처리하는 것도 중요하지만, 이곳에서 장사를 하는 인간에 대한 호기심이 더 컸기 때문이다. 어차피 원해서 하는 미션도 아니다보니 천천히 하자는 생각도 있어서였다.

그렇게 사내를 뒤쫓았다.

커서가 업그레이드되며 유정상이 가진 은신술의 경지도 한 단계 더 올라서 그런지 이젠 어지간해서는 들킬 일이 없을 것 같은 기분이었다.

유정상이 조심스럽게 놈을 따르는데 마을을 완전히 벗어난 녀석이 한참을 걸어가다가 갑자기 멈추어 섰다.

'응? 들킨 건가? 젠장, 미국엔 은신술을 잘 감지하는 놈들이 너무 많은 거 아냐?'

그렇게 생각하며 은신술을 풀려하는데 문득 유정상의 감각에 이상한 기운이 감지되고 있었다. 커서로 주변을 훑었다.

그러자 많은 숫자의 인영이 숲속에 몸을 숨기고 있다는 것을 파악할 수 있었다.

멈추어 섰던 그 의문의 인간이 팔을 양쪽으로 펼치자 파지직하는 스파크가 튀더니 그의 양손에 검이 생겨났다.

은빛의 쌍검이 그의 손에 쥐어지자마자 주변에서 십여 개의 인영에 나타나더니 인간에게 달려들었다.

타타탓.

마치 암살자와 같이 신출귀몰한 움직임으로 달려드는 인영들.

그들은 놀랍게도 모두 산제이처럼 그림자인간 즉, 섀도맨들이었다.

그 때문에 은신마법으로 몸을 숨기고 있던 주코도 제법 놀랐는지 유정상과 상황을 번갈아보며 입을 벌리고 어버버하는 표정을 짓고 있었다.

차차창.

챙채채챙.

그사이 섀도맨들과 인간 사이의 싸움이 벌어졌다.

덤벼드는 섀도맨들은 대략 80에서 90정도의 레벨로 산제이보다는 확실히 조금 더 낮았다.

그러나 그런 놈들을 열이나 상대하는 건 어지간한 헌터라면 감당하지 못할 수준이었다.

아니, 한 놈만 상대하려고 해도 대충 2급은 되어야 가능한 일인 것이다.

하지만 어찌된 일인지 쌍검을 쥔 인간은 거칠게 달려드는 10명의 섀도맨들과 거의 대등하게 싸우고 있었다.

팟.

챙채채챙.

쌍검에 부딪친 섀도맨들의 검은 줄기가 튕겨나가며 불꽃이 튀겼다.

엄청난 속도의 쾌검이었지만 섀도맨들의 공격속도도 만만치 않다. 애초에 이 녀석들은 스피드에 특화되어 있는 모양이었다. 산제이 역시도 그랬으니까.

유정상이 재빨리 커서로 인간을 확인해보니 녀석은 105레벨이나 됐다.

인간이 105레벨인 경우는 지금까지 처음 보았다.

이제까지 유정상이 만난 사람 중 레벨이 가장 높았던 헌터는 72레벨의 옥타비아였다.

인간이 아닌 녀석을 포함하면 던전에 들어오기 전에 만났던 마티가 옥타비아보다 조금 더 높긴 했지만 큰 차이는 나지 않았고 거의 비슷한 수준이었다.

그렇다는 것은 저 사내가 최소 2급 이상이라는 뜻이었고, 레벨의 차이를 감안하면 아마도 녀석은 1급이라고 판단되었다.

'1급……'

사실 옥타비아나 마티와 같은 2급의 인간들도 헌터관련 정보는 외부에는 거의 알려지지 않았지만, 1급 헌터의 정보라면 당연히 국가차원에서도 최고 등급에 상응하는 극비에 부쳐질 것이다.

그의 레벨을 확인한 유정상이 이런 저런 복잡한 생각에 빠져 있는 동안에도 그들의 싸움은 계속되고 있었다.

1대 10의 싸움은 서로 간에 한 치의 양보도 없이 격렬하면서도 팽팽하게 진행되었다.

압도적인 스피드를 가진 섀도맨이었지만 공격력이나 반사 신경에서 앞서는 사내를 어쩌지는 못하고 있었다.

'……?'

그렇게 싸우는 사이 다시 누군가가 싸움의 장소에 다가오는 게 느껴지자 유정상의 눈이 가늘어 졌다. 그리고 그곳을 향해 시선을 집중시켰다.

뚜벅. 뚜벅.

인간이라고 볼 수 없을 정도의 커다란 덩치의 인영에 조금 놀랐지만 곧 그의 머리 위에 귀를 확인하고는 그가 울브리안임을 알 수 있었다.

중년의 강인해 보이는 눈매와 거대한 덩치, 거기에 압도적인 기세까지 느껴지는 사내. 확실히 일반적인 울브리안들과는 다른 느낌의 존재였다.

녀석의 정보를 확인하기 위해 커서를 가져가는데 놈이 어떤 낌새를 느낀 것인지 움찔하며 주위를 두리번거린다.

순간 유정상의 머리를 스치는 생각.

'저 놈, 마족인가? 설마…… 몰렉?'

마계의 족속들은 이상하게도 모두 커서의 움직임에 민감하게 반응했다는 걸 생각하며 떠올린 생각이었다.

그런데 이번에도 녀석은 주변을 살짝 두리번거릴 뿐 바로 옆에 있는 커서를 발견하지 못하고 곧 시선을 거두는 모습이다. 마족의 신체가 아니어서 인지 아니면 급수가 낮아서 그런지는 몰라도 확실히 커서를 눈으로 보지는 못하는 모양이다.

유정상이 살짝 커서를 움직여 녀석의 몸에 가져가보았다.

[울브리안의 육체를 장악한 마족 '몰렉']

[레벨: 130]

[나머지 정보: 확인불가]

'레벨이 130이라고?'

이제까지 만났던 놈들 중 가장 레벨이 높은 녀석이었다. 비록 유정상의 레벨이 약간 더 높기는 했지만 이렇게 강한 놈이 겨우 중급 마족이라는 것은 이해하기 어려웠다.

다만, 울브리안의 몸속에 자리 잡은 30년 전부터 중급마족으로서의 경험을 이용해서 꾸준히 노력해왔다면 이런 레벨을 가지는 것도 이해 못할 일은 아니었다.

거기다 그에게 복수심이라는 크나큰 동기부여도 있었으니, 종족의 특성을 뛰어넘는 레벨업도 불가능하지는 않았으리라.

이제야 이 던전이 8성급이 된 이유를 알 것도 같았다.

순전히 저 몰렉이란 놈 하나가 울브리안들을 규합해 그 어떤 부족보다 강한 놈들로 키웠을 것이고, 그 덕에 자신을 포함해 8성급의 전투력을 가진 부족으로 거듭난 것이다.

물론 그 부작용으로 인근의 몬스터 씨가 마른 것일 테고.

그렇게 생각을 정리하는데 문득 '그렇다면 저 섀도맨들과 몰렉은 또 무슨 관계일까?' 하는 의문이 생겨났다.

저들은 유정상이 처음 만났던 산제이와 같은 종족으로 보였는데, 산제이의 말에 의하면 자신은 울브리안족의 지노 알바 뭐시기 하는 연금술사가 생명을 줬다고 했었다.

그러다 보니 생각을 하면 할수록 더욱 혼란스러워서 이런저런 의문이 꼬리에 꼬리를 물었다.

유정상이 그렇게 잡념에 빠져 있는 사이, 몰렉 녀석이 정신없이 싸우는 무리 쪽을 잠시 바라보다 손을 들어올렸다.

그것이 신호였는지 포위공격하고 있던 섀도맨 녀석들이 삽시간에 뒤로 물러섰다.

저 섀도맨들은 몰렉의 조종을 받고 있는 것 같았다.

섀도맨들이 물러나고 여유가 생기자 인간이 가쁜 숨을 몰아쉬고는 곧 몰렉을 향해 사나운 눈빛으로 물었다.

"갑자기 날 죽이려는 이유가 뭐지?"

"그놈을 만났거든."

상대적으로 차분한 목소리로 대답하는 몰렉.

"그놈?"

"내가 늘 이야기하던 놈 말이지."

"너의 보물을 가져갔다던……?"

"그래."

몰렉이 이야기 하는 놈이 바로 벨루가라는 것은 유정상도 쉽게 짐작할 수 있었다.

하지만 어째서 인간이 몰렉과 친분을 가진 듯한 말투로 이야기하는 것인지는 알 수 없었다.

"그런데 그게 나와 무슨 상관이지? 인간이 아니라고 하지 않았었나?"

"하지만 지금은 인간의 모습을 하고 있더군. 아니, 인간의 정신을 장악한 것인가?"

그 말에 피식 웃는 사내의 표정이 어쩐지 슬퍼 보인다.

"자네처럼 말이군."

"그래."

"그래서 날 죽이겠다는 건가?"

"미안하네. 자네만큼은 끝까지 친구로 지내고 싶었는데 말이지."

그렇게 말하는 몰렉의 표정도 어쩐지 하기 싫은 일을 억지로 하고 있는 어린애처럼 우울하게 느껴졌다.

하지만 그러면서도 그의 눈빛에서는 광기에 가까운 집착이 엿보인다.

"결국 오늘 마을에 들어갔을 때 네가 한 얘기는 농담이 아니었군. 내 몸이 필요할 것 같다고 했던……."

"훗, 뭐. 그렇지."

"하지만 이거, 너무 억울한 걸? 그저 인간의 몸속에 들어간 놈을 봤다고 그렇게 갑자기 돌변해서는 나를 죽이려하다니 말이야."

처음에는 그저 슬퍼보였던 사내의 표정이 이야기를 하는 동안 점점 사납게 변해갔다.

이제야 상대와 목숨을 걸고 싸워야 한다는 사실을 받아들인 것 같은 표정이었다.

하지만 그의 변화에도 몰렉은 전혀 신경을 쓰지 않으며

그저 자신의 이야기에 빠져서 말을 이었다.

"내 분노를 나도 어떻게 할 수가 없어서 그래. 내가 생각해도 이성적인 판단은 아니지만 어쩔 수 없네."

"분노는 판단을 흐리게 만드니까."

"상관없어."

"그런가……. 그래. 그럼 날 죽이고 나면 어쩔 셈이지?"

"인간들의 세상으로 나가야지."

"어떻게 나가려고? 인간이 아닌 이상 귀환석을 사용한다고 해도 이곳을 빠져나갈 수는 없을 텐데?"

"네 몸을 사용해야지."

"뭐? 설마, 죽은 그 연금술사의 비전이 남아 있었다는 말인가?"

"그래, 그놈이 자신의 집에 숨겨둔 것을 발견했지."

몰렉의 말에 사내의 표정이 잔뜩 일그러졌다.

"그런 걸 정말 사용하겠다는 건가?"

"복수를 위해서라면 무엇이라도 사용할 수 있지."

그리고 잠시잠깐의 정적이 흘렀다. 죽은 연금술사라는 것은 산제이가 말했던 지노 알바레스를 이야기 한다고 생각했지만 그가 남긴 비전이 무엇인지는 전혀 짐작할 수 없었다.

"허, 이거 참. 네가 그 마족새끼를 엄청 미워하고 있다는 것 정도는 알고 있었지만, 이렇게 정신 나간 생각을 할 정도로 맛이 갔을 거라고는 생각 못했는데 말이야."

그렇게 말하며 씁쓸한 표정으로 미소 짓던 사내는 당연한 사실을 한 번 더 확인하다는 듯이 무덤덤한 음성으로 물었다.

"놈에게 복수가 끝나면 지상에 있는 사람들도 모두 죽일 생각이겠지?"

"그래."

"휴우……. 어쩔 수 없네. 어쨌건 나도 인간이니까, 그런 일이 벌어지게 놔둘 수는 없는 거잖아."

이젠 정말 어쩔 수 없다는 듯 어깨를 으쓱해 보이는 사내가 이제 차갑게 식은 표정으로 몰렉을 노려보았다.

그런 그를 몰렉이 광기에 젖은 눈빛으로 마주 바라본다.

사내는 일생일대의 대전이라도 벌릴 것처럼 분위기를 잡고 있었지만 유정상은 이 싸움 결과가 어떻게 될지 잘 알고 있었다.

레벨의 차이가 무려 25다. 이 차이를 극복하려면 빈틈을 받쳐줄 동료라도 있어야 하는데 오히려 주변에 있는 섀도맨들은 몰렉의 부하들이다.

지금은 분노에 휩싸여 정면으로 싸우려 들지만 아마 저 녀석도 마음속 깊은 곳에서는 이미 자신의 죽음을 예상하고 있을 것이다.

원래라면 누가 죽든지 말든지 상관없는 일에 끼어들 이유가 전혀 없는 유정상이었만 지금은 조금 상황이 다르다.

몰렉은 유정상이 사냥해야 하는 놈이었고 또한 놈이 원하는 건 결국 자신의 복수와 함께 인간들을 몰살하는 것이었다.

결국 유정상도 인간이고 그 인간들 중엔 자신의 가족도 포함되어 있었다.

아니…… 꼭 그렇지 않더라도 인간으로서 같은 인간을 모두 죽이겠다는 놈을 그냥 보고만 있을 수도 없는 일 아닌가?

놈이 어떤 방법으로 이 던전을 나갈 수 있는지는 아직 모르지만 저런 무지막지한 놈이 정말로 던전 밖으로 풀려 나온다면 인류가 모두 몰살을 당하는 것 까지는 몰라도 엄청난 재앙이 될 것임은 틀림없었다.

두 사내의 시선에서 불꽃이 튀는 사이 짧은 고민을 끝낸 유정상이 숲에서 빠르게 튀어나와 그들에게 달려갔다.

그리고 동시에 새롭게 익힌 스킬, 혼란펀치를 몰렉의 명을 기다리며 서 있는 섀도맨들에게 시전했다.

그와 동시에 주먹에서 평소와 다른 느낌의 에너지가 뿜어져 나가더니 섀도맨들을 덮쳤다.

퍼엉!

"끼익!"

"깍!"

혼란펀치에 직격당한 섀도맨 두 놈이 괴상한 비명을 지르며 튕겨나갔다.

그리고 공격을 사용함과 동시에 유정상의 은신술도 풀려 버렸다.

그때서야 그 사내와 몰렉이 모두 놀란 눈을 하고 유정상 쪽으로 시선을 보냈다.

갑자기 나타난 정체불명의 불청객에 의해 분위기가 깨어진 탓인지 몰렉의 얼굴이 사납게 일그러졌다.

하지만 몰렉의 표정에는 신경도 쓰지 않은 유정상은 두 번째 혼란펀치를 반대편 섀도맨들을 향해 날렸다.

퍼엉!

"끽!"

"꾸악!"

그리고 이번에도 유정상의 혼란펀치가 두 녀석에게 적중했다.

원래 그런 원리인 것인지 한 방에 두 놈씩 적용되고 있다.

대미지가 약한 탓에 처음 혼란펀치를 맞았던 두 놈은 벌써 아무렇지 않은 표정으로 일어선 상태였다.

갑자기 등장한 유정상이 공격을 하는 데도 그냥 멍한 표정으로 주변에 서 있던 섀도맨들은 몰렉의 지시에 의해 빠르게 덤벼들기 시작했다.

[혼란펀치는 더 이상 사용이 불가합니다.]

[에너지가 보충되기까지 남은 시간은 10분입니다.]

혼란펀치를 사용해도 마나의 소모가 거의 일어나지 않아서 의아하게 생각했는데, 알고 보니 스킬 사용 시 사용되는 전용 에너지가 따로 있는 모양이었다.

하긴, 이 정도의 공격이 마나를 미친 듯이 소모했다면 그만한 가치가 있다고 생각되지는 않았을 것 같았다.

그런데 그때 두 번째 펀치에 가격 당했던 놈들도 몸을 일으키더니 머리를 잠시 흔들다 곧바로 주변에 있는 섀도맨들에게 달려들기 시작했다.

결국 유정상에게 가격 당했던 네 마리가 같은 편인 섀도맨들에게 덤벼드는 황당한 일이 벌어져 버린 것이다.

하지만 유정상의 펀치를 맞지 않은 녀석들은 동료들의 공격을 받으면서도 제대로 반격하지 못했다. 애초에 동료를 공격하지 못하도록 암시가 걸린 탓인지 계속 방어만 할 뿐 공격하지는 못하고 있었다.

물론 혼란펀치를 맞은 놈들끼리는 서로 치고받는데 주저함이 없었다.

그런 모습을 지켜보던 몰렉의 표정이 일그러졌다.

"도대체 어떻게 된 상황이지?"

이를 악물던 몰렉이 곧바로 몸을 돌려 유정상 쪽을 향해 몸을 날렸다.

그리고 자신의 주먹을 내질렀다.

유정상이 이 모든 상황의 원흉이라고 판단한 것이다.

몰렉이 자신을 향해 달려들기 이전부터 준비를 하고 있던 유정상은 별 어려움 없이 녀석의 강한 주먹을 정면으로 받아쳤다.

콰아아앙!

강력한 폭발이 발생하며 주변에 거센 기파를 퍼프렸고, 그 때문에 강한 바람을 동반한 먼지가 주변에 자욱하게 날렸다.

휘이이익. 후두둑.

사방에서 나뭇가지나 돌조각들이 바닥에 떨어져 내린다.

먼지가 걷히자 거친 기파의 영향 때문인지 두 사람을 중심으로 수십 미터가 초토화되어 있었다.

하지만 그런 주변의 상황에도 불구하고 아직까지 섀도맨들은 자기들끼리 싸우느라 정신이 없었다.

그런 와중에 먼지 속에서 모습을 드러낸 몰렉의 얼굴이 심각하게 굳어 있는 게 유정상의 시선에 들어왔다.

몰렉은 약간은 긴장된 음성으로 유정상을 바라보며 물었다.

"넌, 도대체 누구지? 인간인가?"

"다짜고짜 주먹부터 날리더니, 이제야 묻는 거냐?"

"주먹을 먼저 날린 건 그쪽이지 않나?"

"그랬나?"

어깨를 으쓱하는 블랙로브의 모습에 더욱 표정이 굳어가는 몰렉.

"다시 한 번 묻지, 인간이 맞는 건가?"

"보시다시피…… 인간이지."

"……인간, 네스터보다 더 강한 인간이 있다는 얘기는 들었지만, 설마 했는데 사실이었군."

몰렉의 말에 유정상이 무심한 음성으로 물었다.

"네스터가 누구지?"

"나!"

뒤쪽에서 놀란 얼굴로 둘의 격돌을 바라보던 사내가 얼떨결에 손을 들어 올리며 대답했다.

그러고 보니 네스터란 이름을 커서로 확인한 것도 같았다.

그런데 네스터가 조금 난처하다는 표정으로 다시 입을 열었다.

"하지만 그는 내가 말했던 사람은 아닌데."

그가 머리를 긁적이며 대답하자 그 말에 몰렉이 살짝 인상을 찌푸렸다.

인간들 중에 강한 놈들이 몇 있다는 이야기를 들었지만, 직접 상대해 보니 예상을 넘어서고 있었다. 그런데 지금 눈앞에 있는 녀석은 네스터도 전혀 모르는 인간이라는 사실이 더 황당했다.

이쯤 되면 이렇게 강한 인간이 얼마나 더 있을지 알 수 없는 일 아닌가?

"이거, 당황스럽군. 나 혼자의 힘으로 인간들을 몰살하겠다고 했는데, 몰살은커녕 강한 놈 하나를 상대하는 것도 쉽지 않아 보이니."

몰렉은 유정상이 결코 자신의 아래가 아니라는 것을 한 번의 주먹교환으로 알아채고 있었다.

"나도 너희들 싸움에 끼고 싶지는 않았어. 하지만, 인간을 몰살하겠다는데 그냥 구경만 하고 있을 수는 없는 일이잖아? 그리고 너에게도 좀 볼일이 있으니 겸사겸사."

"나에게?"

"응, 네놈을 죽여 달라는 의뢰를 받았거든."

"……!"

유정상의 담담한 말에 몰렉이 뭔가 기분 나쁜 상황을 떠올린 탓인지 잔뜩 찌푸린 표정으로 눈을 부릅떴다. 그리고는 씹어뱉는 느낌의 말투로 묻는다.

"설마, 벨루가 그 빌어먹을 놈의 의뢰인가?"

"……."

유정상이 아무 말 없이 그저 바라보고만 있자 놈이 미간을 찌푸리며 다시 물었다.

"놈이 인간의 몸으로 바꿨으니 벨루가라는 이름은 모르는 것인가?"

"아니, 알고 있어. 그의 이름은 마티 월포드, 진짜 정체는 하급마족인 벨루가란 것도."

"뭣!"

몰렉은 잠시 놀라는가 싶더니 곧 이해가 된다는 표정으로 변해서는 고개를 끄덕이며 말했다.

"하긴, 그만한 전투력이라면 그런 것을 간파하고 있다 해도 이상하지는 않지."

"별로 전투력과는 상관없는 거 아닌가?"

"그런 거야 뭐가 되었건 상관없지. 놈의 의뢰를 받았다면 나로서도 너에게 진심으로 상대할 수밖에는."

그렇게 말하는 몰렉에게 느닷없이 섀도맨 한 놈이 달려들었다. 유정상의 혼란펀치를 맞아 제정신이 아닌 놈이 분명했다.

콱.

섀도맨의 머리가 몰렉의 거대한 손아귀에 가볍게 잡혔다.

그리고 이어서 몰렉은 무심한 표정으로 자신의 손아귀에 잡힌 섀도맨의 머리를 움켜잡았다.

콰지직.

머리가 으깨어지면 박살이 나자 몸을 축 늘어뜨린다.

그런 섀도맨의 사체를 쓰레기를 버리는 것처럼 무표정한 얼굴로 툭 던져버린 몰렉이 자신의 주먹을 감싸 쥐며 으드득 소리를 낸다. 그리고는 입꼬리를 올리며 씩 웃어 보인다.

"제대로 한번 결판을 내보자고."

"좋지."

모처럼 1대1로 싸울 만한 강자를 만난 유정상은 가벼운 흥분에 몸을 떨었다. 그동안 대규모의 집단 전투 같은 다소 정신없는 싸움만을 해오던 유정상에게는 간만에 온전히 자신만의 힘을 사용할 수 있는 기회라서 기대가 된 것이다.

번쩍. 번쩍.

그때 섀도맨들이 모두 토막이 나 버리며 바닥에 떨어져 뒹구는 모습이 눈에 들어왔다.

그 사이에 네스터가 자중지란을 일으키던 섀도맨들을 모두 토막 내 버린 것이다.

합심하지 않은 섀도맨들이야 그에게는 아무것도 아니었으니까.

네스터가 피가 묻은 두 자루의 검을 어깨에 걸친 채 피식 웃으며 말했다.

"이쪽은 대충 정리되었으니까, 신경 쓰지 않아도 돼."

그 모습을 보고는 자신의 계획이 조금씩 틀어지고 있음을 느낀 몰렉이 쓴웃음을 지었다. 그리고는 다시 그 모든 일의 원흉이라고 생각되는 유정상을 향해 쏘아지는 날카로운 시선.

"큭큭큭."

실성한 놈처럼 갑자기 웃기 시작하는 녀석이 자신의 힘을 개방하기 시작했다.

자신이 가진 모든 능력을 끌어내 힘을 집중시키자 녀석에게 엄청난 기운이 몰려들었다.

하지만 유정상은 그가 내뿜는 기세를 그대로 받아넘기며 두 주먹을 꽉 움켜쥐고는 자세를 조금 낮추었다.

그리고 튕겨나가듯 놈에게 쏘아져 들어갔다.

팟.

유정상이 빠르게 덤벼들자 몰렉은 양손을 꽉 낀 채로 타이밍을 잡아 아래로 휘둘렀다.

정확하게 유정상의 머리를 노리고 내려치는 공격이었다.

하지만 유정상은 빠른 몸놀림으로 그것을 피해내며 녀석의 왼쪽 옆구리로 파고들어 주먹을 날렸다.

퍼엉!

"크악!"

북이 터지는 듯한 소리와 함께 몰렉이 끌어 오르는 비명을 지르며 옆으로 튕겨져 나갔다.

하지만 쓰러지기 전에 몸을 회전시켜 다시 자세를 잡고는 유정상을 향해 몸을 다시 날려 양 주먹을 빠르게 내질렀다.

퍼퍼퍼퍼펑.

엄청난 에너지파동이 유정상을 덮쳤다.

그러나 유정상을 막아서는 커서 방패로 인해 그 공격은 모두 차단되고 말았다.

느닷없이 나타난 방패에 조금 당황하기는 했지만 이내 정신을 추스른 몰렉이 빠르게 유정상에게 접근했다. 방패의 정체를 알 수는 없지만 방어력이 무척 뛰어났기에 원거리 공격보다는 근접전에서는 타격을 줄 수 있으리라 판단한 것이다.

확실히 유정상 바로 앞까지 접근해 주먹을 날리자 갑자기 나타난 정체불명의 방패가 반응하지 않았다. 대신 유정상은 몰렉의 근접공격을 주먹으로 쳐내거나 아니면 피해내고 있었다.

퍽! 탁! 퍼퍼퍼퍽!

투투투!

근접 박투술이 진행되자 두 사람의 모습은 거의 보이지 않을 정도의 움직임으로 서로를 공격하거나 방어하고 있었다.

그 모습을 보던 네스터는 기가 질렸다는 표정으로 입을 떡 벌린 채 정신없이 싸움을 구경하고 있었다.

네스터 역시도 블랙로브에 대해서는 약간이나마 들은 바도 있었고, 지나가듯 방송에서 본 일도 있었기 때문에 그 이름을 모르지는 않았다.

다만 처음에 갑자기 블랙로브의 모습을 보았을 땐 워낙 창졸간의 일이라서 금방 기억해내지 못했을 뿐이었다.

그리고 네스터가 그에 대해 알고 있던 건 단지 독특한 능력을 가진 재미난 각성자라는 정도였는데, 이렇게 전투력에서 자신을 월등히 능가하고 있는 것은 정말 뜻밖이었다.

블랙로브가 싸우고 있는 상대는 단순히 자그마한 울브리안 마을의 족장이 아니다. 이 던전에 있던 수백 개의 울브리안 마을을 모두 정복하고, 그들 중 강한 자들만 끌어모아 새롭게 부족을 결성한 괴물 중의 괴물이었다. 그리고 그 역시도 올브리안 족의 한계를 초월한 그야말로 최강의 존재였다.

그 때문에 1급 각성자 중 둘째간다면 서럽다고 할 만큼 강한 자신도 저 몰렉만큼은 적으로 삼고 싶지 않다고 생각했는데, 존재조차 희미하던 괴이한 각성자가 갑자기 나타나서 감탄이 쏟아질 정도의 전투능력을 보이자 황당함을 금할 수가 없었다.

콰가가가가가가.

무수한 폭격펀치가 몰렉의 머리 위로 떨어져 내렸다.

폭격펀치 특유의 빠른 공격 때문에 피하는 걸 포기한 몰렉은 양 주먹을 움켜쥔 채 머리를 막고 방어 자세를 취했다.

그러자 그 위로 반투명 실드가 생성되며 폭격의 기파들을 막아낸다.

하지만 그 공격이 세 번 연속으로 이어지자 몰렉의 실드도 더 이상 그 공격을 제대로 견디지 못하며 충격에 흔들렸고 그의 두 발은 땅속으로 파고들어가기 시작했다.

콰가가가가가.

"으아아아아아!"

세 번이나 연속으로 이어진 폭격펀치의 기파를 견뎌내며 비명에 가까운 소리를 지르던 몰렉은 결국 그것들을 모두 막아냈고, 반쯤 묻혀 있던 땅속에서 튀어 올랐다.

그리고는 폭발하는 것처럼 강력한 기의 파동을 일으키더니 주먹으로 바닥을 내려친다.

그러자 그것과 동시에 유정상의 머리 위로 엄청난 에너지 덩어리가 생겨나더니 떨어져 내렸다.

유정상은 그 공격을 감지하고는 다급히 버스터펀치를 위로 내질렀다.

그러자 땅속에서 거대한 주먹의 형상이 만들어지며 유정상 자신을 가로지르며 솟아오르더니 떨어져 내리던 그 에너지와 부딪쳤다.

콰아아아아아아앙!

귀가 먹먹해 질 정도의 폭음과 함께 마치 소형 핵폭탄이 터지는 것 같은 충격이 일어났다.

그 충돌의 여파에 주변에 그나마 버티고 있었던 굵은 나무들과 커다란 바위들까지 죄다 폭발하듯 소멸해 버렸다.

가까이서 그 싸움을 지켜보고 있던 네스터도 자신이 낼 수 있는 가장 강력한 방어술을 써서 그 폭발의 힘을 견뎌내야만 했다.

물론, 주코와 백정은 이미 위기를 감지하자마자 멀찌감치 떨어졌으니 별다른 피해를 받지는 않았다.

아무튼 강한 폭발이 일어난 뒤 다시 먼지가 걷히자 옷이 반쯤 걸레가 되어 버린 몰렉의 모습이 보인다. 그는 믿을 수 없다는 표정으로 입술을 덜덜 떨며 유정상 쪽을 바라보고 있었다.

그도 그럴 것이 유정상은 그 엄청난 충돌에도 여전히 특유의 음침한 기운을 풍긴 채 아무 일도 없었다는 듯이 당당하게 서 있었다. 아무리 담이 큰 몰렉이라 할지라도 경악하지 않을 도리가 없었던 것이다.

"어이가 없을 정도로 엄청나게 강한 녀석이로군."

몰렉이 힘없이 웃으며 말하자 유정상은 평소처럼 냉정한 음성으로 답했다.

"지금 이 상황이 믿을 수 없을 만큼 놀라운 건 오히려 내쪽이라고. 너처럼 강한 놈이 겨우 중급마족이라니 말이야."

"그야……. 마족이었을 때와 지금은 다르니까. 애초에 독에 의해 죽어가던 울브리안 전사의 몸으로 내 영혼이 들어갈 때부터 운명은 바뀌기 시작했지. 이 육체의 재능은 마족시절보다 더 뛰어났으니까."

"기연 같은 건가?"

"그렇지."

그렇게 말한 몰렉이 다시 기습적으로 유정상을 향해 커다란 주먹을 연사했다.

콰가가가가가.

혼신의 힘을 다해서 내지른 몰렉의 근접연사공격을 유정상은 몸을 잔뜩 웅크리며 받아냈다. 과연 만만치 않은 충격이 전신을 뒤흔들었다.

그러나 이런 기습공격만으로는 유정상을 어찌해 볼 수 없었다.

이미 정면승부에서 밀려 승부의 향방이 유정상 쪽으로 넘어가 있는 상태여서 이정도의 공격으로는 판을 뒤집을 수 없었던 것이다. 그나마 이 공격에 대미지라도 받았다면 눈곱만큼의 희망이라도 있었을 테지만 그런 것도 아니었으니 말이다.

콰아앙!

이번엔 유정상의 버스터펀치가 몰렉의 머리 위로 떨어졌다.

몰렉이 다급한 표정으로 그것을 받아쳤지만 망치에 맞은 못 마냥 몸 전체가 그대로 땅속에 박혀 버렸다.

쿠아앙!

"크악!"

다시 땅속을 뚫고 나온 몰렉이 상처투성이의 몸으로 잔뜩 인상을 찌푸린다.

힘과 힘의 대결에서 자신보다 훨씬 왜소한 인간에게 밀렸다는 것이 주는 좌절감은 이루 말할 수 없을 정도였다. 아니, 그보다 인간을 몰살시키겠다고 큰소리친 것에 대한 부끄러움도 한몫했던 것이다.

"헉! 헉!"

전신의 에너지가 몇 번의 공격과 방어를 겪으며 거의 바닥까지 고갈되어 버린 몰렉은 떨리는 육체를 겨우 바로잡으며 숨을 몰아쉬고 있었다.

콰앙!

"크억!"

다시 한 번 강한 주먹 기파가 몰렉의 얼굴을 강타하자

녀석은 비명소리와 함께 뒤로 날아가더니 바닥에 내동댕이쳐졌다.

하지만 그런 유정상의 공격에도 마치 좀비처럼 비틀거리며 다시 일어서는 몰렉.

이미 전신은 너덜너덜해져 있었고, 몸을 반듯하게 세우는 것도 힘든 지경이 되어 버렸다.

"쿨럭! 쿨럭!"

한계까지 몰린 몰렉은 입에서 쉴 새 없이 핏물을 게워내고 있었다.

이미 오른쪽 머리 위에 쫑긋하게 붙어 있던 멋진 늑대모양의 귀도 거친 공격을 견디지 못하고 찢겨 나가 버린 상태여서 무척 볼품없는 모습이 되어 버렸다.

숨을 헐떡거리며 겨우 힘들게 서 있던 몰렉이 입을 열었다.

"분하지만, 널 이기기에는 내 힘이 역부족인 것 같군."

"뭐, 그렇지."

유정상이 담담한 음성으로 대답하자 몰렉이 피식 웃어 보이다 곧 오른쪽 주먹을 들어 꽉 움켜쥐며 부르르 떨었다.

"벨루가 놈을 이손으로 찢어 죽이지 못하는 게 너무 분하군."

"……."

"벨루가 그놈이 날 죽이는 대가로 뭘 제시했지?"

몰렉의 질문에 유정상이 턱을 긁다 어깨를 으쓱해보였다.

"뭐, 우연하게도 그 녀석이 내가 거부할 수 없는 물건을 몸 안에 가지고 있었더라고. 그 바람에 나도 어쩔 수 없이 그의 제안을 받아들였어."

그 말에 몰렉의 미간에 살짝 주름이 졌다. 그리고는 뭔가를 떠올렸는지 잠시 뜸을 들이다 입을 열었다.

"그렇다면 마지막으로 나의 의뢰도 받아주면 안 되겠나?"

"의뢰?"

"그렇다."

"난 널 죽여야 하는 입장인데?"

"알고 있다. 하지만 그것이 내 의뢰를 받지 못할 이유가 되진 않을 거 아닌가?"

"널 살려달라는 의뢰라면 사양이야."

"훗, 나는 전사다. 목숨 따윈 결단코 구걸하지 않을 거다."

그 말에 유정상이 호기심을 보였다.

"그럼 뭘 의뢰하겠다는 거지? 일단 들어는 볼 테니 말이나 해봐."

"벨루가 녀석을 처단해 주게."

"뭐?"

설마하면서 듣고는 있었지만, 정말로 이런 의뢰를 넣을 거라고는 생각하지 못했다.

"이야, 날 완전 생양아치로 만들 셈이야? 그런 의뢰를 받는다는 건 좀 웃기잖아. 네가 벨루가에게 뭔가 원한이 있는 것 같기는 하지만, 그런 건 받아들일 수 없어."

"이쪽도 의뢰비를 주지."

"얼마를 줘도 마찬가지야. 그리고 난 이제 돈이든 뭐든 그리 부족하지 않으니까."

"일단 이것을 보고나서 판단하면 안 되겠나?"

"……?"

몰렉이 두 주먹을 꽉 움켜쥐자 유정상의 눈이 가늘어진다. 갑자기 녀석이 반격을 가하려고 수작을 부린 건 아닌가 하는 생각을 했다.

그러나 곧 녀석은 자신의 두 주먹을 쾅하고 부딪친다.

파앗!

갑자기 두 주먹에서 강렬한 황금색 빛이 뿜어졌다. 그리고 그 빛이 주먹을 빠져나오더니 서로 합쳐지기 시작했다.

"……!"

그 모습을 말없이 바라보던 유정상은 순간 입을 떡 벌리고 말았다.

그 빛이 합쳐지며 익숙한 형상을 만들어냈기 때문이었다.

"화, 황금 커서?"

몰렉의 주먹 사이에 만들어진 물체가 황금커서임을 확인한 유정상은 경악할 수밖에 없었다.

그것은 얼마 전 벨루가에게서 얻었던 커서와 완전히 동일한 모양이었기 때문이었다.

"이건 벨루가에게서 받은 것과 같은 황금커서? 어, 어째서……?"

유정상이 더듬거리는 동안 황금빛을 뿌리던 커서가 순간 더욱 강한 빛을 발하더니 유정상의 커서 쪽으로 날아올랐다가 금방 빨려 들어가 버렸다.

　그러더니 커서는 다시 예전처럼 알 수 없는 글자모양으로 분해가 되어 회오리치듯이 주위를 회전하기 시작했다.

　잠시 멍해 있던 유정상이 이번에도 똑같은 반응이라는 생각에 금방 정신을 차리고 다시 자신의 의지를 싣자 글자로 흩어졌던 형태가 원래의 커서로 돌아온다.

　그러나 동시에 한 번 더 빛을 뿜던 커서가 미묘하게 더 세련된 모양으로 변했다.

　이번에도 커서가 조금 더 업그레이드가 된 것처럼 보인다.

　[커서가 새로운 단계로 진화합니다.]
　[특수스킬: 어둠의 영혼 제거]
　[어둠에 물든 영혼을 육체에서 강제로 꺼낼 수 있고 제거할 수도 있습니다.]

　유정상의 예상대로 커서가 업그레이드되었다.

　황금커서 두 개를 흡수하고 나서야 이런 메시지가 떴다는 게 조금 의외였지만 그보다는 특수스킬이 생겨났다는 것에 주목했다.

　'어둠의 영혼 제거라……'

유정상이 잠시 특수스킬을 생각하며 생각에 잠겨 있는데 몰렉이 그를 일깨웠다.

"과연, 의뢰대가로 그놈에게서도 이것을 받았던 것이군."

황금커서가 눈앞에서 갑자기 떠오르다 사라진 것을 확인한 몰렉이 유정상을 바라보며 상황을 이해했다는 듯 고개를 끄덕이며 말했다.

그때 유정상의 눈앞에 메시지가 떠올랐다.

[미션]
[벨루가를 처단하라.]
[의뢰비용을 이미 받았으므로 미션을 취소할 수 없다.]

메시지의 내용을 확인한 유정상의 얼굴이 팍 일그러졌다.

이번에도 본인 허락도 없이 커서의 의지로 흡수해 버리고서는 의뢰비용을 받았기 때문에 미션을 취소할 수 없다고 하니 어이가 없었던 것이다.

의뢰를 진행하는 과정에서 의뢰인을 죽이는 의뢰를 다시 받아버리다니 유정상의 생각으로는 도저히 받아들일 수 없는 상황이었다. 하지만 커서는 그런 유정상의 사정은 전혀 봐주지 않고 상황을 진행시켜 버렸다.

"젠장, 뭐 이런……."

유정상이 당황한 모습을 보이자 그의 행동을 보며 자신의 의뢰가 받아들여졌음을 확신한 몰렉이 피식 웃었다.

"반드시 벨루가를 처리해 주게."

그렇게 말하는 녀석은 몸 주위에서 발현되던 기세가 많이 사그라져 있었다. 커서로 확인해보니 녀석의 레벨이 95로 떨어져 있었다.

그제야 녀석이 130이라는 엄청난 레벨을 가지게 된 결정적 원인이 황금커서의 힘을 다룰 수 있게 된 것 때문이었다는 것을 알 수 있었다.

벨루가는 커서를 제대로 활용하지 못해 육체가 가진 재능 이상으로 레벨을 올리지 못했지만, 몰렉의 경우엔 커서를 활용해서 한계 이상으로 강해질 수 있었던 것이다.

"자, 난 준비가 되었네."

"……."

몰렉은 그저 차분한 표정으로 유정상의 처분을 기다리는지 가만히 서 있었다.

유정상이 그런 그를 잠시 바라보니 그 머리 부분에 뭉쳐진 검은 연기 모양의 영혼이 흐릿하게 보였다.

그 영혼을 보자 곧바로 커서를 녀석의 머릿속에 박아 넣었다.

"엇!"

갑자기 커서에게 머릿속을 침범 당하자 몰렉이 당황한 표정으로 굳어 버렸다.

유정상은 커서의 힘을 사용해서 그 안에 자리 잡고 있던 검은 기운을 밖으로 끌고 나왔다. 그리고는 바로 그것을 삭제해 버렸다.

팟.

연기처럼 뭉쳐 있던 영혼이 순간 사라져 버렸다.

풀썩.

영혼을 삭제당한 몰렉의 육신이 비틀거리다 힘을 잃고는 그대로 바닥에 쓰러졌다.

[미션완료]

[몰렉을 소멸시켜 벨루가의 의뢰를 완료했습니다.]

[몰렉의 영혼이 소멸되면서 그의 육신은 새로운 존재가 되었습니다.]

[레벨 2가 올라 현재 138이 됩니다.]

[특수스킬 '용기의 포효'가 생성됩니다.]

[용기의 포효]

[소환수들의 체력과 공격력을 1분간 30% 증가시킨다.]

새로운 스킬이 보상으로 생성되었는데 대규모 집단전투에 유용한 기술이었다.

"죽은 겁니까?"

어느새 다가온 네스터가 쓰러진 몰렉을 내려다보며 굳은 얼굴로 바라보며 유정상에게 물었다.

"몰렉은 죽었다."

몰렉은 죽고 육체는 새로운 존재가 되었다는 말을 들었기에 유정상은 그렇게 대답했다.

그러자 네스터가 신중한 표정으로 쓰러져 있는 몰렉을 살폈다. 그리고는 고개를 들어 유정상을 올려다보며 고개를 갸웃거렸다.

"아직 살아있는 것 같은데?"

"정신을 지배하던 몰렉은 분명 죽었다. 깨어나면 아마도 다른 존재가 될 거야."

"……?"

그때 무언가가 빠른 속도로 그들에게 다가오고 있었다.

검은색의 물체는 순식간에 그들이 있는 곳까지 도달했다.

곧바로 네스터가 쌍검을 들어 올리며 자세를 잡았고, 곧바로 그가 두 개의 검을 강하게 휘둘렀다.

카앙!

쇠가 부딪치는 강렬한 소음.

그 힘을 튕겨낸 검은 그림자가 반동을 이용해 공중으로 치솟더니 허공에서 슬쩍 방향을 바꿔 몰렉이 쓰러져 있는 곳으로 떨어져 내렸다.

그 그림자는 그대로 쓰러져 있는 몰렉을 찔러서 죽이려는 것이었다.

그것을 확인한 유정상이 가볍게 주먹 기파를 쏴서 그 행동을 저지했다.

파앙!

유정상의 주먹 기파에 튕겨져 나간 그림자가 공중에서 다시 회전하며 바닥에 착지했다.

"주인, 방해하지 마라!"

그렇게 외치는 그림자의 정체는 바로 섀도맨인 산제이였다.

"뭐야, 산제이로군."

"저 놈은 내 몫이다. 이참에 완전히 죽여 버려야 한다."

갑작스런 출현에 조금 놀라기는 했지만, 녀석의 복수심을 생각하면 이런 등장도 이해할만했다. 하지만, 그렇다고 애먼 녀석을 죽게 놔둘 수는 없는 일이다.

"야, 호들갑 떨지 마라. 이 녀석은 더 이상 몰렉이 아니야."

"무슨 말이냐. 내 눈엔 몰렉이 맞는데."

"에휴, 이거 참. 설명하기도 귀찮고."

두 사람의 대화를 지켜보던 네스터가 놀란 눈으로 유정상을 바라보더니 곧 굳은 얼굴로 물었다.

"이 섀도맨과 무슨 관계인 거요?"

"무슨 관계는……. 그냥 귀찮은 녀석일 뿐이야."

"주인, 난 친구잖아."

주인이라는 말을 계속하자 네스터는 지금의 상황을 정확히 이해하지 못해 눈알만 데굴거리다 다시 물었다.

"저 섀도맨의 주인이오?"

"아, 진짜."

주코 때문에 주인이라고 부를 뿐이라는 설명을 해주는 것도 귀찮아서 그냥 포기하고 어깨를 축 늘어뜨렸다.

그때 몰렉, 아니 몰렉의 정신이 소멸한 울브리안이 몸을 일으켰다.

그때 산제이가 소리쳤다.

"내가 죽일 거다!"

산제이가 몸을 날렸다. 그러자 유정상이 울브리안 앞에 막아섰고, 덕분에 커서 방패가 발동해 산제이의 공격을 튕겨냈다.

죽이는 것은 깨어나는 존재가 어떤 사람인지 확인하고 나서도 늦지 않다고 생각한 것이다.

타앙!

커서 방패에 의해 튕겨진 산제이가 몸을 날려 다시 바닥에 착지를 하더니 버럭 소리친다.

"주인! 방해하지 마!"

"몰렉이 아니라니까 그러네."

"그럼 저 놈은 도대체 뭐냐고!"

그 목소리에 몸을 일으킨 몰렉의 육신이 움찔거린다. 그러고는 눈을 껌벅이며 산제이를 바라보다가 살짝 떨리는 음성으로 입을 열었다.

"너, 꼬마니?"

"어?"

몰렉의 그 말에 이번에는 산제이가 깜짝 놀랐다.

그의 말투에서 아주 익숙한 느낌을 받은 것이다.

"나다. 아빠야."

"너, 너, 뭐야?"

"지노 알바레스, 널 이 세상에 있게 해준 아빠다."

"뭐?"

그 말에 믿기 힘들다는 듯 산제이가 몸을 부르르 떨었다. 그림자인간이라 표정을 읽을 수 없었지만 그 행동만으로도 엄청나게 흥분하고 있음을 쉽게 알 수 있었다.

"거짓말! 네 놈이 아빠일 리가 없잖아."

"미안하구나. 이런 몸이어서."

"미안이고 뭐고, 넌 아빠가 아니라니까."

"……"

"빨리 말해. 아빠 아니잖아!"

그 말에 잠시 말문이 막힌 건지, 몰렉의 육신을 가진 사내가 잠시 머뭇거리다 곧 다시 입을 열었다.

"몰렉이 자신의 육신에 내 영혼을 가두어 버렸다. 그래서 원래의 내 육신은 그대로 죽어버린 거야. 하지만 몰렉의 영혼이 사라진 지금 이 육체를 차지한 건 진짜 네 아빠야."

"말도 안 되는 소리 마! 몰렉이 그런 짓을 왜 해!"

"섀도맨들을 자신의 뜻대로 조종하기 위해서였다. 처음 만들었던 10기의 섀도맨들은 모두 아빠의 영혼에 종속시켰 었거든. 하지만, 넌 다른 녀석들과 달리 영혼에 종속시키지 않았었지. 그래서 몰렉이 널 죽이려했던 걸 거야. 정말 위 험했을 텐데 용케도 죽지 않았구나."

"……."

지노 알바레스는 그렇게 상황을 설명하면서도 대견하고 뿌듯한 표정으로 산제이를 바라보고 있었다.

뭔가 예상 못한 흐름에 유정상은 그저 그들의 대화를 듣 고만 있었다.

그리고 옆에서 같이 상황을 지켜보던 네스터가 문득 예 전에 들었던 말을 떠올리며 말했다.

"지노 알바레스가 반역을 꾀하고 있었다고 들었는데 그 건 아니었나 보군요."

"……?"

사실 몰렉에게 듣기로 지노 알바레스가 몰래 섀도맨을 만들어 자신을 죽이고 부족을 강탈하려 했다는 것이었다.

그런데 돌아가는 상황을 보아하니 몰렉이 했었던 그 말 은 거짓말이거나 아니면 자신에게 유리하도록 과장되어 있 었던 것 같았다.

"아뇨, 처음엔 저도 그렇게 계획을 했었습니다. 그걸 위 해서 섀도맨을 만들었으니까요."

"아……."

잠시 후 유정상은 네스터와 지노 알바레스의 이야기를 통해 그들 사이에 있었던 이야기를 대충이나마 이해할 수 있었다.

　모든 이야기는 결국 몰렉이 일으킨 전쟁에서 시작되었다.

　몰렉은 빠르게 강해지기 위해서 다른 부족들을 정벌해서 하나로 병합시키는 전쟁을 일으켰는데 그러는 와중에 자신을 따르지 않는 부족의 우두머리들을 모두 숙청한 것이다.

　숙청된 부족의 족장 중에서 '타보르'라는 자도 있었는데 그의 큰아들이었던 이가 바로 지노 알바레스였다.

　하지만 지노는 어릴 때부터 연금술을 배우기 위해 아버지와 떨어져 살았기에 아무도 그가 타보르 족장의 큰아들이라는 것을 알지 못했다.

　그 때문에 운이 좋게 지노는 타보르 족장의 아들이라는 사실이 밝혀지지 않은 채 몰렉의 수하로 들어가게 되었고, 아버지가 놈의 손에 죽었다는 걸 안 지노가 복수를 위해 자신의 주특기인 연금술을 이용해 섀도맨을 만들게 되었다.

　그리고 수많은 실패 속에 지노는 드디어 자신의 영혼에 종속시키는 완벽한 무기, 섀도맨 10기를 연성할 수 있었다.

　엄청난 스피드와 강력한 힘, 그리고 아무런 감정 없이 싸움에만 몰입하는 완벽한 전투 몬스터를 만들어 낸 것이다.

　그리고 그것들을 보안한 것이 마지막에 만들어진 11번째 섀도맨, 바로 산제이였던 것이다.

하지만, 10기의 섀도맨들을 효율적으로 다룰 수 있는 대장으로 만들려고 했던 산제이는 다른 섀도맨과는 전혀 다른 존재가 되었다.

연성 중 다른 섀도맨과 달리 순수한 어린아이의 영혼을 사용한 탓인지, 천진난만한 어린아이 같은 행동으로 쉽게 다루기 힘들었다.

지노는 너무 제멋대로인 산제이에게 이것저것 가르치다가 결국 녀석에게 정을 주게 되었다.

이름을 따로 만들지 않은 덕분에 늘 '꼬마'라고 불렀고, 그렇게 그는 새로운 행복을 느끼면서 복수조차도 조금씩 잊어가고 있었다.

그 때문에 앞서 만들어진 섀도맨들 10기는 원래의 목적을 잃고 깊은 동굴 속에서 조용히 잠들어 있었다.

그러던 어느 날, 지노가 섀도맨들을 연성해서 만들었다는 것을 몰렉이 알아차리게 되었다.

몰렉은 곧바로 지노를 협박해서 그것들을 자신이 차지하려 했지만, 섀도맨들은 지노의 영혼에 종속되어 있었기에 오직 그만이 통제가 가능할 뿐이었다.

하지만 그럼에도 몰렉은 포기하지 않고 지노의 영혼을 강탈해서 자신의 몸 안에 가두어 버렸다.

지노도 그의 몸 안에 갇히고 난 후에야 안 사실이었지만, 놀랍게도 몰렉은 울브리안이 아닌 마계의 존재였던 것이다.

그래서 마족들의 기술인 영혼을 강탈하는 법에 대해서도 잘 알고 있었다.

어쨌든 그런 일이 있고난 뒤 10기의 섀도맨들은 몰렉의 수족들이 되어 버렸다.

하지만, 산제이는 다른 섀도맨과 달랐다.

단순히 영혼의 매듭에 의해 조종되는 그런 존재가 아닌, 하나의 독립된 정신을 가진 탓에 지노의 영혼을 강탈하는 방법으로도 통제할 수 없었던 것이다.

아니, 오히려 영혼을 강탈당한 지노의 육신이 죽어버리는 장면을 목격하는 바람에 몰렉을 향한 분노가 폭발하는 결과를 초래했고, 더 이상 산제이를 수하로 부린다는 건 불가능하게 되었다.

언젠가 자신의 목을 향해 칼을 겨눌 것이라고 생각한 몰렉은 결국 산제이를 죽이려 했다.

몰렉이 자신보다 월등히 강하다는 사실을 깨달은 산제이는 바로 도주해 버린 것이다.

유정상은 그런 과거의 이야기를 들으면서 처음 녀석이 자신에게 먼저 싸움을 걸어놓고는 바로 항복하던 게 생각이 나 피식 웃고 말았다.

"결국 그런 성격이었기 때문에 지금까지 살아남은 건가?"

아무튼 유정상이 대강의 정황을 듣고 나자 지노 알바레스에게 앞으로 어떻게 할 생각인지 물었다.

"부족하나마 아버지의 뒤를 이어서 족장으로서 울브리안들을 이끌어 나가야지요. 이젠, 복수의 대상도 사라졌으니까."

"아빠. 할 얘기가 있다."

"뭐지?"

"나, 주인 따라갈 거다."

유정상은 산제이의 말을 들으며 이건 또 무슨 개소린가 싶어 어이없어했다.

그런데 시기적절하게도 그때 바로 메시지가 떴다.

[새도맨 산제이가 소환수가 되기를 요청하고 있습니다.]
[받아들이시겠습니까?]

'뭘 요청한다고?'

[승낙/거부]

황당해 하는 유정상에게 메시지가 선택을 강요하고 있었다.

"네가 원하는 걸 해라."

몰렉, 아니 지노가 산제이의 말에 고개를 끄덕이며 허락하는 말을 하자 더욱 일그러진 유정상의 표정.

"아빠라더니, 너무 무책임한 거 아니야?"

"꼬마를 위한 겁니다."

"꼬마가 아니라, 산제이야."

"그래. 알았어. 산제이."

유정상의 태클에서 담담한 표정으로 대답하던 지노는 산제이가 불쑥 끼어들자 빙그레 웃으며 대답한다.

이 무슨 말도 안 되는 상황인가 싶어 어이가 없어 했지만, 산제이는 그저 좋은지 몸을 들썩일 뿐이다. 얼굴 표정을 볼 수 없으니 정확한 건 모르지만, 누가 봐도 즐거워하고 있는 듯 보였다.

"인간이 아닌 이상 던전을 빠져나갈 수 없는 거 아닌가?"

그 얘기를 들은 네스터가 말도 안 된다며 끼어들었다.

하지만, 유정상은 소환수가 될 수 있다는 메시지를 이미 봤고, 그것이 가능하다는 것을 잘 알고 있었기 때문에 아무런 말도 하지 않았다.

그때 산제이가 불쑥 끼어들면서 말했다.

"주코에게 방법이 있다고 들었다."

"주코? 누구지 그게?"

산제이의 말에 네스터가 놀란 표정으로 되묻자 조용히 그 둘의 대화를 듣고 있던 유정상이 오히려 화들짝 놀랐다.

'망할 녀석.'

유정상이 화가 난 표정으로 주코가 은신마법으로 몸을 숨긴 장소 쪽을 노려보자 그곳에 있던 주코가 움찔거렸다.

하지만 아직 주코와 백정은 인간에게 노출시킨 적이 없었고 굳이 알리고 싶지도 않았기 때문에 네스터 앞에서 녀석을 대놓고 혼내주기도 어려웠다.

[시간이 지연되어 자동 승낙이 되었습니다.]
[산제이가 소환수로 등록되었습니다.]
[앞으론 새로운 던전을 방문할 때마다 자동으로 소환될 것입니다.]

"뭐?"
갑작스런 메시지 때문에 유정상은 멘붕 상태가 되어 버렸다.
"고맙다. 주인!"
"아우! 진짜."

❖ ❖ ❖

"어서 오십시오."
유정상을 반기는 벨루가, 아니 인간 마티.
유정상이 던전을 나와 곧바로 그의 사무실을 찾았다. 마티는 기대감 어린 표정으로 유정상을 맞이했다.
"그래, 가신 일은······?"
"해결했어."

173

그렇게 말하며 몰렉이 항상 목에 걸고 있던 목걸이를 내밀었다.

그것을 확인한 마티가 눈을 크게 떴다.

"그, 그렇습니까?"

순간 놀란 마음에 더듬거렸다.

사실, 마티는 블랙로브가 자신의 의뢰를 성공시킬 거라고는 크게 기대하고 있지는 않았다. 그만큼 몰렉의 무력은 엄청났고, 그 녀석을 상대하느라 죽은 고위급 각성자도 많았기 때문이었다.

그래서, 나름 생각해 낸 방법이 다른 세력을 이용해서 그가 만든 세력을 깎아먹는 방식이었다.

자신의 사람을 소모시키긴 너무 아까웠던 참에 요즘 뜨고 있던 동양인 '블랙로브'가 소환수를 부려 세력싸움을 한다는 것을 듣고는 이용해 보기로 결정한 것이다.

물론 그 와중에 황금커서를 사용하기는 했지만, 별로 아깝지는 않았다.

그에게 있어서 황금커서는 자신의 몸 안에서 나온 암 덩어리에 불과한 물건이었다.

원인도 알 수 없는 이유로 자신의 힘을 억제하게 만들고 있었는데 그렇다고 그것을 버릴 수도 없었다.

사실 마티는 황금커서를 먼 바다에 버려보기도 했지만 어찌된 영문인지 곧 그의 곁에 나타나는 귀찮고 두려운 존재였던 것이다.

그런데 그런 황금커서가 언제부턴가 반응을 하기 시작했고, 그 때문에 황금커서가 새로운 주인을 찾았다고 생각한 마티는 그것에 대한 처리문제까지 묶어서 이 계획을 세운 것이었다.

마계의 존재였던 그에게 황금커서는 미묘한 물건이었던 것이다.

그런데 블랙로브가 그런 황금커서를 완전히 소멸시켜 버린 것이다. 물론 유정상의 입장에서는 흡수한 것이지만 말이다.

아무튼, 몰렉의 죽음을 확인한 마티는 반가운 마음이 들기도 했지만 한편으로는 새로운 강자의 출현에 경각심을 가지게 되었다.

"그런 엄청난 놈을 제거해주시다니 정말 큰 은혜를 입었군요."

"뭐, 의뢰비를 받았으니까, 별로 그렇게 생각할 필요는 없지."

벨루가가 인간이 아니라는 사실 때문에 유정상은 여전히 그를 하대하고 있었다. 하지만, 그런 것에는 별로 신경 쓰지 않는 마티는 그저 예상보다도 훨씬 더 대단한 블랙로브의 강함을 떠올리며 어색하게 웃고 다시 한 번 고마움을 표시했다.

"그렇지 않습니다. 평생의 은인이시지요. 절 그토록 죽이겠다고 벼르던 철천지원수를 이렇게 제거해 주셨으니 당연합니다. 혹시 따로 필요한 것이 있으면 연락 주십시오. 힘이 닿는데 까지 최선을 다하겠습니다."

마티가 감사인사와 함께 적절한 관계를 유지하며 빨리 돌려보내려는데 유정상이 낮은 음성으로 말을 툭 던졌다.

"그런데, 녀석도 마지막에 의뢰를 했거든."

"네? 무슨 말씀이신지."

"그 녀석도 너와 같은 종류의 의뢰를 하더란 말이지."

멈칫.

마티가 굳은 표정으로 움직임을 멈추며 유정상에게 돌아보았다.

그가 유정상이 피식 웃고 있는 모습을 보며 침을 삼켰다.

꿀꺽.

"다, 당신은 돈 따위로 의뢰를 받지 않는다고 말씀을……."

"그래. 돈으로는 절대 받지 않지. 그런데 녀석이 너와 같은 물건을 내게 제시하더라고. 정말 예상하지 못했던 일이었어."

사실은 커서가 스스로 먹어 버린 황금커서 때문에 내려진 강제미션이었지만 그런 것을 설명해줄 수는 없는 일이었다.

"가, 같은 거라면……?"

"그래. 황금커서지."

"……!"

마티가 경악스러운 표정으로 바라본다. 유정상이 하는 말이 진심인지 아니면 농담인지 판단하는 중이었다. 그러나 아무리 살펴보아도 농담을 하는 것 같아 보이진 않았다.

설마, 몰렉이 자신과 같은 황금커서를 가지고 있으리라곤 그도 생각하지 못했던 일이었기 때문이었다.

그리고 몰렉을 만났던 순간에 알 수 없는 친근한 느낌이 무엇이었는지도 뒤늦게나마 깨달았다.

'역시, 황금커서였나?'

그런 생각을 하고는 곧 유정상을 바라보았다.

은은한 기세가 그를 조여오자 순간적으로 죽음에 대한 두려움을 느낀 마티가 떨리는 음성으로 말했다.

"하…… 하지만 인간의 모습을 하고 있는 나를 죽이는 것은 당신이라도 곤란할 수 있을 텐데요?"

그 말에 유정상이 어깨를 으쓱이며 말을 받았다.

"그건 걱정 하지 마. 죽이는 것은 벨루가의 영혼만으로 한정해서……."

팟.

가벼운 어투로 떠드는 사이, 커다란 사무실의 사방에서 순식간에 다섯의 인영이 그에게 달려들었다.

"훗."

이미 그들의 존재를 눈치 채고 있었던 유정상은 입가에 미소가 피어올랐다. 순식간에 블랙로브를 전신에 착용한 그는 다섯의 그림자를 향해 주먹을 가볍게 휘두른다.

펑, 퍼퍼퍽. 퍽.

비명소리도 없이 다섯의 그림자가 바닥을 구르자, 눈을 치켜뜨며 전신을 부르르 떠는 마티.

"이, 이럴 수가……."

그가 2급 각성자라고는 해도 전투형 헌터가 아니다보니 비상시를 대비해 늘 자신의 주위에 경호 헌터들을 배치해 두고 있었다.

그들은 원래 3급 헌터들이었으나, 심령을 제압해 강화인간의 약이 투여된 상태라 2급 이상의 전투력을 발휘하는 무서운 살인기계들이었다. 그런데도 블랙로브 앞에서 단 2초도 버티지 못하고 바닥을 뒹구는 모습을 봤으니 경악하지 않을 수 없었던 것이다.

"걱정하지 마. 죽이지는 않았으니까. 뭐, 정상적인 생활이 가능할지는 나도 잘 모르겠지만."

"……!"

"이번 의뢰를 받을 땐 조금 꺼림칙했었는데 그런 마음을 없애줘서 오히려 고맙다고 해야겠어."

블랙로브의 음산한 소리가 전신을 경직시켰다.

"사, 살려주십시오. 무, 무엇이든 다 할 테니."

마티가 바닥에 엎드리며 목숨을 구걸했다. 그 모습을 보던 유정상의 눈썹이 찌푸려진다.

"생각해보니 마족이 이렇게 인간들 사이에 숨어서 계속 이상한 짓이나 벌이게 내버려 둘 수도 없는 일이지. 안 그래?"

"저, 절대로 그런…… 크악!"

유정상의 커서가 마티의 머릿속을 뚫고 들어가 강제로 벨루가의 영혼을 끄집어내자, 마티의 육신이 바닥에 쓰러져 부르르 떨리고 있다.

그리고 곧이어 붙잡혀 발버둥 치던 벨루가의 영혼은 커서의 에너지에 의해 퍽 터져 나가며 연기처럼 흩어졌다.

"잘 가라고."

유정상이 허공에 흩어지는 연기를 보며 낮게 중얼거렸다.

잠시 후 마티의 사무실 문이 열렸다.

그리고 누군가가 안으로 들어섰다.

"이거, 엉망이군요."

시체처럼 바닥에 널브러진 놈들을 보면서도 그렇게 장난스럽게 말하는 사내는 바로 네스터였다.

"죽지는 않았으니까."

"뭐, 대충 상황이 어땠을지는 알 만하군요. 아무튼 말씀드린 대로 이곳은 제가 알아서 처리하겠습니다."

"신세를 지는군."

"신세는요. 블랙로브 덕분에 오히려 목숨을 구한 쪽은 저인데."

"그냥 탑이라고 불러."

처음에 유정상은 그냥 유라고 부르라고 말하려 했었다.

179

하지만 유가 당신을 뜻하는 유(you)와 같은 발음이라 조금 이상해서 그 다음으로 정상이라는 자신의 이름을 떠올린 것이다.

하지만 그것도 발음이 어려울까 싶어 그냥 정상이라는 뜻의 영어 TOP을 생각해낸 것이다. 물론 영어식 이름이 조금 어색하기도 했지만 뭐 영어이름을 새로 하나 지은 셈 치면 됐으니 상관없었다.

하지만 네스터의 경우엔 블랙로브를 탑이라고 부른다는 것의 의미가 조금 남달랐다.

아무래도 블랙로브라는 일반명사에 가까운 호칭으로 부르는 것보다는 탑이라는 이름으로 불러달라는 말이 더 친근하게 느껴졌기 때문이다.

그 때문에 네스터는 블랙로브와 더 가까워졌다는 생각에 기분이 좋아졌다. 그리고 문득 그에게 탑이라는 이름이 무척 어울린다는 생각도 들었다.

"알겠습니다. 탑."

"그럼 난 가볼게."

유정상의 몸을 감싸던 블랙로브가 사라지며 원래의 모습으로 돌아오고 그대로 문으로 걸어간다.

"아, 네……."

네스터는 이렇게 헤어져 버린다면 그와의 인연이 끊어질지도 모른다는 생각에 강한 아쉬움이 담긴 음성으로 대답했다.

그런데 그때 유정상의 발걸음이 멈췄다.

"혹시 내게 연락할 일이 생기면 옥타비아를 통해서 하라고."

유정상의 말에 우울해 보이던 네스터의 표정이 확 밝아졌다.

"네."

❖ ❖ ❖

어느새 친숙해진 집으로 들어와 샤워를 끝낸 유정상은 냉장고에 있던 맥주 캔 하나를 들고 소파에 앉아 TV를 켰다.

화면에 보이는 영어는 읽기 힘들었지만, 말은 자연스럽게 알아들을 수 있었기에 외국방송이라는 느낌은 들지 않았다.

예전에 미국 영화를 볼 때, 넓은 거실에 혼자 앉아 캔 맥주를 마시며 TV를 시청하는 주인공을 보면서 그것을 부러워했던 적이 있었다.

문득 어렸을 때의 자신이 떠오르자 유정상의 입가에 미소가 떠올랐다.

하지만 직접 경험해보니 그저 외롭기만 한 이런 게 어째서 그렇게 부러웠던 것일까 싶어 피식 웃고 말았다.

정적이 흐르는 집이 마음에 들지 않아 탁자 위에 있던 리모컨을 들어올렸다.

그리고 채널을 돌리다 '브레이킹 뉴스'라고 적혀 있는 채널에서 멈췄다. 화면 속에선 누군가 911 구급차량에 실려 가는 모습이 보였고, 리포터가 상황을 설명하고 있었다.

- ……뉴욕 헌터연합의 수장이 쓰러졌다는 소식입니다만, 아직 그의 상태에 대한 자세한 소식은 아직 나오지 않고 있습니다.

- 헌터연합에서는 뭐라고 하던가요?

뉴스 진행자인 백인 남성이 묻자 곧바로 대답이 나온다.

- 특별한 일은 아니고, 그저 과로에 의한 일이라고만 설명하고 있습니다.

- 과로요?

- 그렇습니다.

확실히 헌터의 비중이 높은 세상이라 그런지 이런 단체의 수장이 쓰러지는 일에도 뉴스가 민감하게 반응한다.

"과로라니."

네스터의 센스에 피식 웃고 말았다.

맛이 간 녀석을 과로로 포장해 병원에 보낼 테고, 나중에 제정신으로 돌아오지 않는다면 정신병원으로 보낼지 모른다.

앞으로의 일을 상상하며 혼자 웃었다.

그리고 곧 뉴스에 흥미를 잃은 유정상이 다시금 채널을 돌렸다. 그런데 그때 전화벨이 울린다.

곧바로 음소거를 누른 유정상은 테이블 위에 놓인 일회용 휴대폰 중 전화벨이 울리는 하나를 들어 귀에 가져갔다.

― 저에요.

옥타비아였다. 그녀는 마치 지금 유정상이 무엇을 보고 있는지 알고 있었던 것처럼 담담하게 물어보았다.

― 뉴스 보셨나요?

"그래."

― 콜렌 씨로부터 연락을 받았어요.

"콜렌 씨?"

― 네스터 콜렌.

"아."

그제야 유정상은 네스터의 성이 콜렌이라는 것을 기억해 냈다.

"마티는 깨어나지 않았던 건가?"

벨루가의 영혼만 제거했고 육체에는 아무 이상이 없으니 당연히 누가 깨어날지는 몰라도 금방 깨어날 거라고 생각했었던 것이다. 그런데 구급차까지 출동한 걸 보면 뭔가 일이 생긴 건가 싶었다.

― 깨어나긴 했는데 곧 다시 기절해 버렸다고 하더군요.

"왜?"

― 정신이 아직 육체를 제대로 장악하지 않은 탓인 것 같아요.

30년 만에 깨어난 영혼이니 당연히 몸에 적응하기 힘들었을 것이다. 그 말을 듣고 보니 유정상도 마티가 다시 정신을 잃은 이유를 알 것 같았다.

"너도 마티의 정신에 마족 놈이 있었다는 걸 알고 있었
나?"

– 아뇨. 저도 방금 이야기를 듣고 알았어요. 설마, 그런
일이 가능하리라고는 전혀 예상하지도 못했기 때문에 조금
놀랐어요.

"그 정도 일로는 크게 놀라지 않는다는 말이군."

– 그런 건 아니에요. 다만, 지금은 무슨 일이 일어나도
특별하지 않은 세상이니까요.

"하긴. 아무튼, 연락해줘서 고마워."

– 아니에요. 당신은 제 생명의 은인이니까, 언제든 필요
한 것이 있으면 말씀하세요.

네스터와 같은 말을 하는 옥타비아.

그 때문에 유정상이 피식 웃었다.

"그래."

– 그리고 저……

"왜?"

– 저도 당신을 탑이라 불러도 될까요?

"탑?"

그러고 보니 네스터에게 자신을 탑으로 부르라고 했던
말이 기억났다.

"그러든지."

– 네.

어쩐지 목소리가 활기찬 듯 느껴진다.

– 또 연락드릴게요.

"그래."

전화를 끊었다.

그리고 문득 벨루가가 훔쳤다는 보물에 대한 이야기를 떠올렸다.

나중에 네스터에게서 들은 이야기였는데 그의 말로는 벨루가가 몰렉에게서 훔친 보물은 한 자루의 검이었다고 했다.

처음엔 단순히 검 한 자루 때문에 그렇게까지 집요하게 복수를 부르짖는 몰렉이 이해가 되지 않았지만, 알고 보니 일반적인 검이 아니었던 모양이었다.

벨루가가 훔친 검속에는 몰렉이 사랑했던 여자의 영혼이 들어 있어서 녀석이 그 검에 대해 집착이 유별났던 것이다.

일명 에고소드라 불리는 것으로 살아 있는 검이라고도 부르는 물건이었는데, 그런 것은 유정상도 아직 들어보지 못한 종류의 귀물이었다.

마계에서도 귀한 종류의 검이었기에 벨루가가 그것을 탐내다가 결국 훔쳐낸 것이었다.

그 뒤는 다른 경로로도 여러 번 들었던 사연대로 몰렉에게 들켜서 추격을 당하던 때에 강렬한 빛에 의해 두 녀석 다 차원을 넘어버린 것이다.

그렇게 30년에 걸친 악연이 유정상에 의해 끝이 나 버렸다. 물론 두 녀석 모두에게 좋은 결론은 아니었지만 말이다.

아무튼 유정상은 그 녀석들에게서 얻은 황금커서 덕분에 커서가 업그레이드되었으니 나쁘지 않은 결론이었다.

아마도 커서가 자신을 머나먼 이곳까지 인도한 이유도 어쩌면 이 황금커서의 회수가 목적이 아니었을까 예상하고 있었다.

"넌, 정말 정체가 뭐냐?"

공중에 떠 있는 커서를 의문 섞인 표정으로 바라보며 유정상이 그렇게 중얼거렸다.

커서 마스터
Cursor Master

3. 뱀파이어 로드와 코드 주얼리

커서 마스터
Cursor Master

3. 뱀파이어 로드와 코드 주얼리

모처럼 편안한 밤을 보내고 아침이 되었다.

평소보다 조금 늦잠을 잔 유정상이 부스스한 머리를 하고는 곧바로 거실로 나갔다.

밥하기도 귀찮다는 생각에 또 라면으로 때울까 생각하고 있었는데 누군가 벨을 누른다.

문을 열었더니 파란색 모자를 쓴 젊은 동양인 남자가 서 있다. 확실하진 않지만 한국인처럼 보인다.

"무슨 일이죠?"

"주문하신 거 가지고 왔습니다."

"주문?"

"슈퍼샐링 마트에서 왔습니다. 돈은 이미 받았으니 그냥 가져다 드리면 된다고 들었습니다."

배달원이 종이봉투를 내밀자 유정상은 얼떨결에 그것을
받아들었다.

"안녕히 계세요."

밝은 표정으로 인사하고는 돌아가는 배달원의 모습을 잠
시 바라보다 문을 닫고는 거실로 돌아와 봉투에 담긴 물건
을 꺼냈다.

"도시락?"

그것을 보고 고개를 갸웃거리는데 바로 그 순간에 문자
수신음이 울렸다.

옥타비아가 보낸 문자였다.

곧바로 번역기를 돌려 확인했다.

─ 아무래도 고향 음식이 그리울 것 같아서요.

도시락은 인근에 있는 한인마트에서 주문한 모양이었다.

나름 한국식이라고 생각하고 주문했는지는 모르겠지만,
유정상이 보기엔 한국식이라기보다는 일본식에 가까운 음
식이었다.

하지만 그래도 이렇게 일부러 생각해주는 그녀가 고맙기
는 했다.

식사를 하면서 유정상은 그녀에게 고맙다는 답장 정도는
해주었다.

그 이상 쓰고 싶어도 영어를 모르니 쓸 수도 없었고 번역
기를 돌리면 어색한 문장이 되어 뜻이 와전될 수도 있으니

그냥 'thank you' 정도로 끝냈다.

그랬더니 웃음을 상징하는 이모티콘이 날아온다.

"그러고 보면 문자는 어떻게 확인하는 거야? 정말 눈이 안 보이는 거 맞아?"

유정상이 농담으로 그렇게 중얼거렸다.

실제로는 일반적인 눈에 비해 더 잘 보는 게 맞지만.

그렇게 식사를 끝내고 느긋하게 소파에 앉아 TV를 시청했다. 오늘은 모처럼 하루정도는 그냥 편하게 쉬겠다고 생각을 해서였다. 그리고 더불어 누나에게 전화도 걸었다.

– 밥은 잘 챙겨 먹고 있어?

"당연하지. 내가 어디 가서 굶을 사람인가?"

– 하긴.

옥타비아가 챙겨주지 않았다면 아직까지 굶고 있거나 그냥 라면으로 때웠을지도 모르지만 어쨌든 오늘 아침은 일식도시락으로 제법 거나하게 챙겨먹었다.

하지만 그런 사정을 모르는 누나는 당연하다는 듯이 인정해 버렸다.

그런 누나의 익숙한 반응에 묘한 즐거움을 느끼며 유정상이 그냥 지나가듯이 물었다.

"누나는 어때? 요즘 일은 할만 해?"

– 후후. 이젠 나도 제법 인정받고 있다고.

"초보 주제에 인정받아 봤자지."

– 흥, 나도 나름 그동안 열심히 수련을 했거든.

"수련? 무슨 수련?"

– 부주방장 언니가 따로 음식에 대해서 가르쳐 주셔. 그래서 요즘 요리 실력이 하루가 다르게 일취월장하고 있어. 내가 만든 음식에 내가 반할 정도라니까.

"오버는."

– 너도 내가 만든 음식 먹어보면 생각이 달라질걸?

그동안 동생에게 자랑하고 싶어 입이 근질거렸는지 한참 동안 자신의 요리 실력에 대해 떠들었다. 하지만 유정상은 그런 누나의 과도한 수다에 휴대폰의 마이크 부분을 손으로 가린 채 TV를 보았다.

필요 없는 이야기 따위는 그냥 듣는 척하면서 스킵 해 버리는 그만의 노하우였다.

그러다가 곧 누나의 수다가 끝이 나자 어머니에 대한 것을 물었다.

– 엄마야 늘 네 걱정이지. 집 나가면 고생이란 소리를 달고 살아.

"엄마한테 잘 말해줘."

– 직접 전화하지 않고?

"엄마 수다는 나도 감당 못해."

며칠 전에도 전화를 걸었다가 20분 가까이 잔소리만 들었던 것을 떠올리며 몸서리쳤다. 방금도 누나 이야기 듣느라 진을 뺐는데, 어머니의 잔소리까지 더해지면 클린볼을 써야 할지도 모를 일이었다.

- 알았어. 몸조심하고 다음에 또 연락해.

"응, 그래."

전화를 끊고 느긋하게 다시 소파에 누워 뒹굴 거리며 TV를 보는데 다시 문자가 날아왔다.

이번에도 옥타비아에게서 날아온 문자였기에 유정상은 다시 익숙하게 번역기를 돌렸다.

- 맨해튼에 있는 글로리 빌딩으로 오세요.

"글로리 빌딩? 그게 어디지?"

궁금함에 거실에 있는 컴퓨터로 검색을 해봤다.

그러자 맨해튼에 있는 60층짜리 건물로 미국의 유명길드 '나이트 글로리'의 본부가 있는 곳이라는 설명이 떴다.

"나이트 글로리?"

한국에서도 꽤나 알려진 미국의 길드였지만, 자세한 정보는 알지 못했다.

옥타비아가 어째서 자신을 이곳에서 보자고 했는지는 알수 없지만, 간만에 시내 나들이 간다는 생각에 집밖을 나서려는데 다시 문자가 들어왔다. 이번에도 역시 옥타비아의 문자였다.

"아, 뭐야. 오늘따라 귀찮게."

투덜거린 유정상이 다시 문자를 번역기로 돌려 확인했다.

- 휴대폰을 해킹당한 것 같아요. 혹시 방금 문자 받은 거 있나요?

193

내용을 확인한 유정상이 눈살을 찌푸리고는 곧바로 옥타비아에게 전화를 걸었다.

"그럼, 방금 맨해튼의 글로리빌딩으로 오라고 보낸 문자는 가짜라는 거야?"

- 역시 그런 일이 있었군요.

"무슨 일이지?"

- 최근 '나이트 글로리' 길드에서 당신에 대한 정보를 추적한다는 소문을 들었거든요. 아무래도 신경 쓰였는데, 저희 기술팀에서 방금 해킹을 당했다는 것을 확인해 줘서 서둘러 연락을 드린 거예요.

"그래. 알았어."

일단 전화를 끊고 곧바로 유정상이 집을 나섰다.

나이트 글로리에 대해서 아는 건 없지만, 상대가 시비를 거는 거라면 피하지 않을 생각이었다. 거기다 이왕 나들이하는 거 화끈하게 해보자는 생각에 피식 웃으며 블랙로브를 착용했다.

핸드폰의 지도 어플을 이용해서 건물의 위치를 확인하고 집을 나섬과 동시에 은신술을 펼치고는 이동의 팔찌를 이용해 몸을 날렸다.

휴대폰으로 위치를 확인하며 스파이더맨처럼 뉴욕을 누비던 유정상은 곧 글로리 빌딩을 발견했다.

꽤나 웅장하고 고풍스런 건물임을 확인하고는 곧이어 그 옥상으로 몸을 날렸다.

착.

옥상에 내려선 유정상이 은신술을 풀지 않은 채로 계단을 통해 아래로 내려갔다. 그리고 기감을 펼쳐 주변을 확인하기 시작했다.

가까운 벽 너머에는 별다른 사람의 기척이 느껴지지 않았다.

그렇게 최고층의 복도를 돌아다니다 유정상은 문득 뭔가의 존재를 느끼고는 발걸음을 멈추었다.

'이곳이군.'

강렬한 느낌이 벽 너머에 있는 장소에서 느껴졌다.

유정상이 다가서며 커서로 벽을 지정하자 순간 앞을 가로막고 있던 벽이 투명해지며 안쪽의 모습이 눈에 들어왔다.

그곳에선 남자 하나가 전화 통화 중인 모습이 눈에 들어왔다.

40대로 보이는 건장한 백인 남성으로, 레벨은 80인걸 보니 2급 각성자였다.

커서를 남자에게 가져가보니 말풍선이 생겨났다.

- 그래, 잘했어. 옥타비아 그년과 관계가 있을 거라고는 전혀 예상하지 못했는데 말이지. 이번에는 네가 한 건 했구나. 아마 잠시 후면 도착하겠지. 그래, 그래, 알았어.

전화를 끊는 사내.

녀석이 이번 일을 꾸민 장본인이라는 건 통화내용을 들으니 확실해 보였다.

유정상이 커서로 방안을 빠르게 훑었다.

CCTV 같은 건 없다.

곧바로 문에 달린 디지털 잠금장치에 커서를 가져가져가자 번호가 자동으로 지정되며 문이 딸깍하고 열린다.

"누구야?"

사내가 뭔가를 작성하다 잠금장치가 풀리는 소리에 고개를 들어 짜증 어린 표정으로 문 쪽을 바라보며 소리쳤다.

그런데 그곳에 검은 두건을 쓴 사내가 서있다.

"브, 블랙로브?"

"뭘 그리 놀라는 거지? 날 보자고 한 거 아니었나?"

"……."

싸늘한 음성으로 말하는 블랙로브의 질문에 순간 당황했는지 사내가 머뭇거린다.

그때 유정상의 감각에 이상한 것이 감지되었다.

머리 위 천장 쪽에서 뭔가 사악한 기운이 느껴져 살짝 미간을 찌푸렸다. 들어오기 전엔 전혀 예상하지 못한 일이어서였다.

"……?"

그 순간.

핑!

탕!

뭔가가 유정상을 향해 날아들었지만 커서 방패가 생겨나며 자동으로 그것을 막아내 버렸다.

갑작스러운 상황에 유정상의 발걸음이 멈추어졌다.

하지만 여전히 느긋한 모습으로 정체불명의 물건이 날아온 방향을 향해 고개를 돌렸다.

커서 방패가 있는 한 유정상이 기습공격을 당할 가능성은 제로나 마찬가지였다.

사무실 한쪽의 어색한 어둠이 모여 있는 곳으로 그 기운이 이동해 갔다. 그리고 그 어둠 속에서 그 기운의 주체가 서서히 모습을 드러냈다.

'인간인가?'

백옥같이 하얀 피부를 가진 사내였는데 눈동자가 핏빛이다.

커서를 녀석에게 가져가 확인하자 유정상도 놀라움에 살짝 눈이 커졌다.

'레벨 96의 뱀파이어?'

놀랍게도 놈은 인간이 아닌 몬스터였다.

유정상은 아직 던전에서 만나보지는 못한 몬스터였지만 그 존재에 대해서는 들어본 적이 있었다. 피를 갈망하는 존재, 재생력이 뛰어나 상대하기 까다로운 고위급 몬스터.

그가 뱀파이어에 대해 알고 있는 전부였다.

하지만, 그것은 미래의 일. 그것도 소문으로만 들었던 몬스터였으니 실제 있는지 어떤지에 대해서는 확신도 없던 존재였다.

그런데 그런 몬스터가 눈앞에 있었다. 그것도 인간 곁에 있는 놈을 말이다.

"뱀파이어가 있을 거라고는 진짜 생각도 못했는데 말이야."

든든한 우군인 뱀파이어가 등장하자 사내가 여유를 찾았다.

그리고는 블랙로브가 당황했다고 생각했는지 한껏 거만한 말투로 말했다.

"놀랍군. 뱀파이어에 대해서까지 알고 있을 거라고는 이쪽도 정말 예상 못했던 일이야."

사실 이 시기엔 뱀파이어에 대한 정보는 아예 알려지지도 않은 시기였으니 알고 있다는 사실만으로도 대단하게 여겨질 만도 했다. 사실 유정상이 알고 있는 미래에서도 뱀파이어에 대한 건 소문뿐이었으니 당연한 일이었다. 물론 미래의 유정상은 하급 각성자였으니 자세한 정보를 알고 있지는 못했지만 말이다.

"이 놈을 믿고 내게 협박을 한 거였나?"

"후후. 네가 강하다는 것쯤은 이미 조사가 끝나있지. 하지만 여긴 던전이 아니니 너는 소환수를 부를 수도 없을 것이고 게다가 이 녀석은 일반적인 헌터와는 다르거든. 1급 헌터와도 맞먹을 정도니까."

"꽤 많이 조사했네. 그런 것까지 알 정도면."

"꽤나 돈을 썼거든."

확실히 조사를 많이 한 건 인정했지만, 유정상의 성장이 너무 빠르다보니 제대로 확인할 시간은 부족했던 모양이었다.

펙!

갑자기 뱀파이어가 소리도 지르지 못한 채 바닥에 쓰러져 버렸다.

그 때문에 자리에 앉아 있던 사내가 눈을 크게 떴다.

어떻게 당했는지조차 알 수 없었다.

설마 조커라고 생각했던 뱀파이어가 이렇게 삽시간에 당해버릴 거라고는 전혀 짐작도 못했기 때문이었다.

"어, 어떻게……?"

새롭게 생성된 커서의 스킬인 '어둠의 영혼 제거'로 뱀파이어의 육신에서 영혼을 뽑아 소멸시켰으니 껍데기만 남은 몸이 쓰러진 건 당연한 일이었지만, 그걸 상대가 정확히 알 수는 없는 일이었다.

유정상이 이곳에 뛰어들었을 때만 해도 평정심을 잃지 않던 자가 눈에 띄게 흔들리자 헛웃음이 나올 정도였다.

"자, 초청에 대한 예의로 이야기를 들어줄 테니 천천히 시작해봐."

유정상이 안락해 보이는 소파에 앉아 손을 까닥거리자 긴장한 그가 입을 열었다.

"나에게 위해를 가한다면 우리 길드가 가만있지 않을 거요."

블랙로브의 모습을 보면서 두려움에 휩싸인 사내가 떨리는 음성으로 그렇게 말했다.

하지만 그런 협박에도 블랙로브는 별다른 반응을 보이지 않으며 차가운 음성으로 대답했다.

"증거를 남기지 않으면 그뿐이지."

이미 블랙로브를 입고 있는 상태라 평소의 유정상보다 더 냉정해져 있었다.

블랙로브가 농담을 하고 있는 것이 아니고, 정말로 그럴 만한 능력이 있다는 건 방금 자신을 찾아오는 것만 봐도 알 수 있었기 때문에 사내는 전신이 식은땀으로 젖어갔다.

"자 어서."

블랙로브가 손을 까닥이며 이야기를 재촉했다.

무심하게 움직이는 동작이었지만 결국 사내는 그 손짓 하나로 자신을 죽여 버릴 지도 모른다는 두려움을 이기지 못하고 입을 열었다.

"사실, 당신의 도움이 필요해서였소."

"이봐, 이건 도움을 요청하는 방식이 아니잖아. 똑바로 이야기하지?"

"……."

"자자. 일단 네 이름과 주변이야기부터 시작해 봐. 그래야 나도 지금의 상황이 이해가 될 테니까."

유정상이 음산한 목소리로 다그치자 잠시 머뭇거리던 그가 입을 열었다.

"내 이름은 크리스 벤켄, '나이트 글로리' 길드의 수장이오."

'나이트 글로리'는 한국에도 제법 알려진 미국의 10대 길드 중 하나다. 평소 악명이 자자해 좋은 이미지를 가지고 있는 곳은 아니었지만, 열손가락 안에 들어갔을 만큼 그들의 능력을 인정하지 않을 수는 없었다.

어쨌든, 나이트 글로리가 최근 발견한 던전에 대한 것으로 이야기를 시작했다.

"얼마 전 버몬트주의 킬링튼 피크에서 던전 하나가 발견되었소. 등급은 8성급. 나이트 글로리의 수색헌터 두 명이 그곳에 투입되어 조사에 들어갔소."

수색헌터는 최소 4급 이상의 각성자로 던전 조사가 주특기인 이들이었다.

다른 헌터들과는 달리 던전 탈출이라는 특수 스킬을 가지고 있다는 것이 특징이었는데, 귀환게이트를 여는 방식이 아닌 귀환스킬을 이용해서 혼자만 탈출하는 능력이었다.

에너지를 미리 충전해야 하는 번거로움이 있었지만 충분히 유용한 능력으로 유정상이 가지고 있는 던전탈출 워프 목걸이에 귀속된 스킬과 같은 종류의 것이었다.

그래서 그들은 주로 갓 발견된 최상위급 던전 조사의 임무를 맡았다.

클리어가 되지 않은 던전은 어쨌든 보스를 잡아야만 귀

환석이 생성되니 무작정 헌터들을 투입하기엔 위험요소가 너무 컸기 때문이다.

어쨌든 워낙 드문 능력이었기에, 전 세계적으로도 이 능력을 가진 각성자의 수는 그리 많지 않다고 알려져 있었다.

그런데 그런 특수한 각성자를 두 명이나 투입할 정도였으니, 나이트 글로리가 다수의 능력 있는 각성자를 많이 보유하고 있다는 것만은 인정해 줘야 할 것 같았다.

"그런데 얼마 후 던전에 들어갔던 그들 중 한 명만 탈출해 돌아오게 되었소. 다른 한 명은 탈출도 하지 못하고 사망해 버렸지. 그리고 그가 가져온 영상을 통해 던전에 대한 정보를 어느 정도 파악하게 되었소. 그때 우리가 발견한 건 바로 스트로늄 광산이오. 그것도 엄청난 크기의……."

"…….."

"그런데 문제는 그 광산을 지키고 있는 무리가 있다는 점이었소."

"무리?"

"뱀파이어들이었소."

그 말에 유정상이 살짝 놀랐다.

방금 뱀파이어 녀석을 한 놈 상대하긴 했지만, 그거야 한 놈이었으니 큰 문제가 없었고, 그보다 던전 밖이라는 것을 감안해보면 놈의 능력이 제대로 발휘되는 장소도 아니다.

그런데 그런 뱀파이어가 무리로 있다면…….

"뱀파이어의 무리라고 했는데, 어느 정도 규모였지?"

"정확히 파악한 건 아니지만, 우리 분석팀은 대략 최소 100마리 이상의 최상급의 뱀파이어가 있으리라 파악하고 있소."

"아까 그놈 정도의 수준인가?"

"그, 그렇소."

유정상의 물음에 그가 다소 머뭇거리는 것처럼 보였지만 그것엔 별로 신경 쓰지 않았다.

아무튼 레벨 90정도의 뱀파이어가 100마리 이상이라면 쉽게 말해 2급, 어쩌면 1급 정도의 헌터가 그만큼 있다는 이야기였다.

그런 곳을 길드 하나가 어떻게 해본다는 건 불가능에 가까웠다. 아니, 연합하더라도 가능할지 어떨지.

"다, 당신은 수많은 몬스터 무리를 이끌고 싸울 수 있는 능력을 가졌소. 그래서 당신이라면 충분히 승산이 있으리라……"

그제야 녀석의 속셈을 대충 눈치 챌 수 있었다.

"승산이 아니라, 그저 힘을 빼 놓기 위해서겠지. 나 혼자로는 그런 곳과 싸워 이긴다는 건 불가능하다고 판단했을 테니까."

"……"

"내 목숨을 담보로 네 녀석들의 욕심을 채우려 한 이상 내가 그냥 넘어갈 거라고 착각하지 마. 나는 네가 생각하는 것처럼 그렇게 착한 놈이 아니니까."

평소의 블랙로브 음성도 차갑게 느껴질 정도였지만, 지금은 정말 소름끼친다는 느낌이었다. 그 때문에 크리스는 극한의 공포를 느꼈다.

"사, 살려주시오."

"흠…… 좋아, 그게 마지막 부탁이라면 살려는 드리지. 더불어 네 녀석의 수작에 가담한 놈들도 말이야."

블랙로브의 음험한 웃음소리에 크리스의 눈이 공포로 물들었다.

✢ ✧ ✢

그날 저녁 뉴욕에 있는 '나이트 글로리' 길드 본부가 습격당했다는 뉴스가 속보로 올라왔다.

길드 수장은 혼수상태가 되어 병원으로 옮겨졌다는 소식과 함께 나이트 글로리의 헌터 수십 명이 정신착란 증세를 보인다는 이야기도 흘러나왔다.

"바보 같은 짓을 했군요."

뉴욕의 고급 바에서 뉴스를 시청하던 선글라스를 낀 여자가 말하자 곁에 있던 남자가 보랏빛의 칵테일을 한 모금 마신 뒤에 피식 웃으며 대답했다.

"그러게, 나이트 글로리 따위가 어떻게 해볼 수 있는 사내는 아닌데 말이야."

"그는 던전을 한 번 들락거릴 때마다 무섭도록 강해지고

있어요. 이미 길드 차원에서 어떻게 해볼 수 있는 사람이
아니에요."

선글라스를 낀 여자는 옥타비아였고, 곁에 있던 사내는
바로 1급 헌터 네스터 콜렌이었다.

네스터와 옥타비아는 이미 미국 최고 등급의 각성자로서
평소에도 잘 알고 지내던 사이였다.

그런데 블랙로브로부터 그녀를 통해서 연락을 하라는 말
을 듣고는 그때부터 옥타비아와 이런저런 이야기를 나누기
위해 이렇게 가끔 함께 바를 찾았다.

그러던 중 개인 정보원들을 통해 나이트 글로리에 대한
소식을 접한 네스터가 옥타비아와 상의하기 위해 만난 것
이다. 그런데 이미 결과가 뉴스를 통해서 나올 정도로 상황
이 끝나버렸던 것이다.

"크리스 녀석이 당신에게 연락했었다는 게 사실이야?"

"네. 블랙로브에 대해 알려달라더군요."

"그래서?"

"관심을 가지지 않는 게 좋을 거라고 얘기해줬어요."

"결국 그 찌질이 녀석은 당신의 충고를 귀담아 듣지 않
아서 저렇게 된 거로군."

조금 어이없다는 얼굴이 되었다가 곧 피식 웃어버리는
네스터.

"블랙로브는 이미 인간의 힘으로 통제할 수 있는 존재가
아니에요."

"그것을 아직 인정하지 못하는 인간들이 많다는 게 문제지."

"맞아요."

✣ ❖ ✣

버몬트주의 킬링튼 피크.

결국 유정상은 크리스 벤켄이 이야기했던 이곳의 던전에 오고 말았다.

"젠장, 설마 이곳이랑 또 미션으로 얽힐 줄이야."

사악한 영혼을 제거하는 방법으로 나이트 글로리의 길드장 크리스 벤켄을 반쯤 미치게 만든 뒤에, 이 일에 관련이 있는 놈들을 모두 찾아서 비슷한 상태로 만들어 버렸다.

당연히 업그레이드된 커서의 능력을 이용해서 같은 목적을 가진 놈들을 찾은 것이다.

자세한 원리는 알지 못하지만 유정상의 목적을 이해하는 커서가 처리해야 할 놈들이 있는 방향을 알려주는 것이었다.

아무튼, 자신을 이용해 먹으려고 한 일에 관련 있는 놈들을 모두 찾아서 같은 방법으로 멘탈을 붕괴시킨 후 집으로 돌아가는 도중 갑자기 미션을 알리는 메시지가 떠올랐다.

[미션발생]

[좌표는……]

그리고 그 좌표가 가리킨 곳은 바로 나이트 글로리의 길드장이 언급했던 던전과 일치했던 것이다. 그것을 떠올린 유정상이 눈앞에 펼쳐진 숲을 바라보며 중얼거렸다.

"여긴 또 뭐가 있기에……."

커다란 바위 협곡이 있는 장소. 마음에 들지 않는다는 표정의 유정상이 숲을 이리저리 살펴봤지만 던전은 보이지 않았다.

분명 새로운 던전을 발견했다고 했었는데, 좌표에 이르러도 무슨 연유인지 눈을 씻고 찾아봐도 던전의 출입구는 눈에 띄지 않았다.

유정상은 하는 수 없이 머리에서 커서를 뽑았다.

그러자 공중으로 떠오른 커서가 곧바로 저 위쪽을 향해 방향을 가리켰다.

협곡의 중심에 삐죽 튀어나온 바위 언덕이 있었는데, 커서의 화살표 끝이 그 위쪽으로 향하고 있었다.

에너지파장도 미약한데다가 협곡으로 인해 접근이 용이하지 않은 곳이어서 그곳에 던전이 있을 것이라고는 고려하지 않고 있었다.

일반적인 헌터들이었다면 번거로움 때문에 던전의 입장을 고민했겠지만, 그런 것은 유정상에게 해당되지 않았다.

바로 이동의 팔찌를 이용해 몸을 날려서 협곡의 중턱, 바위 언덕 위에 도착한 유정상이 주변을 살폈다.

"어, 있구나."

아래에선 분명 보이지도 느껴지지도 않았는데 중턱까지 오르고 보니 바위에 가려졌던 검은 구멍이 보인다.

그리고 던전의 주변에 오색의 꽃이 피어 있는 것도 발견했다.

저 오색의 꽃은 일명 '던전 실드 플라워' 라 불리는 꽃으로 던전의 에너지를 흡수하며 자라는 꽃이다.

물론 현재엔 이 꽃이 그리 흔하지도 않고 이것에 대한 조사도 거의 전무한 탓에 이런 게 존재한다는 사실을 알고 있는 사람이 드물었다.

미래에 이 꽃들이 좀 더 흔해지고 나면 어지간한 헌터들은 다 알고 있는 정보로 변하지만 말이다.

어쨌건 이 꽃 때문에 숨겨진 위치에 있는 던전의 에너지가 추적되지 않아 사람들의 발길이 닿지 않았던 모양이었다.

만약 나이트 글로리 길드가 이 던전을 찾아낸 것이 우연이 아니라면, 놈들은 유정상이 생각하는 것만큼 그렇게 허접한 녀석들은 아닐 것이다.

잠깐 동안 던전 실드 플라워를 바라보던 유정상이 잡념을 떨쳐내고 던전에 발을 들였다.

팟.

익숙한 느낌과 함께 유정상의 눈앞에 새로운 세상이 펼쳐졌다.

온 사방이 어둠으로 물든 곳.

하늘은 검은 구름으로 뒤덮여 있었고 저 멀리 하늘과 대지가 맞닿은 지평선에서는 벼락이 떨어지는 모습도 보였다.

황량한 바위로 이뤄진 산이 주변을 두르고 있어 을씨년스러운 분위기를 자아냈다.

주위에선 매캐한 유황냄새가 가득했고, 온통 자갈투성이를 이루어진 지면은 안쪽 깊은 곳에서 올라온 진동으로 마치 태곳적의 땅처럼 간간이 진동했다.

그때 유정상의 주위에 소환수들이 나타났다. 평소와 다른 것이 있다면 이번에는 둘이 아니라 셋이라는 점이었다.

"주인. 새로운 곳이구나."

산제이가 주변을 두리번거리며 모든 것을 신기한 눈으로 바라보고 있었다. 아무래도 자신이 살던 곳을 벗어나 본 적이 없었던 탓인지, 이런 삭막한 배경도 새롭고 신기하게만 보이는 모양이었다.

"야야. 촌스럽게 그만 두리번거려."

주코가 두리번거리는 산제이에게 거들먹거리며 말했지만, 녀석은 주코의 말이 들리지도 않는지 여전히 신기하다는 표정으로 주위를 왔다 갔다 하고 있다.

곁에 있던 백정은 나타나자마자 바로 유정상의 다리에 딱 붙어 얼굴을 부비며 살갑게 군다.

"에휴."

한 녀석이 늘었을 뿐인데도 뭔가 정신없다는 느낌에 유정상이 한숨을 푹 쉬었다.

그때 메시지가 떠올랐다.

[미션]

[뱀파이어로드가 소유하고 있는 '코드 주얼리'를 뺏어라.]

[미션 실패 시 군주 포인트 1,000점을 잃는다.]

[미션수행까지 남은 시간 48시간]

[미션에 도움이 될 아이템 생성.]

인벤토리를 열어보니 새로운 아이템 '마늘폭탄'과 눈알처럼 생긴 '올빼미의 눈'이라는 아이템이 들어 있었다.

[마늘폭탄]

[반경 30미터 지역을 마늘 향으로 채운다.]

[48시간 한정 아이템으로 마나가 허락하는 범위 내에서 무한정 사용가능하다.]

[올빼미의 눈]

[장착하면 어두운 곳을 살필 수 있다.]

아이템의 정보를 보는데 주코가 이번에 상대해야 할 놈들을 확인하고는 투덜거렸다.

"뱀파이어? 우씨, 까다로운 놈들이네."

"뱀파이어에 대해 잘 아는 거 있냐?"

"마계에도 뱀파이어는 있으니까. 원래 녀석들은 무리생활을 하는데다가 마족들과 사이도 좋지 않아서 많이 아는 건 아니지만, 꽤나 강하단 얘기는 들었던 것 같아."

이번에는 주코의 정보도 별 도움이 되지 못했다. 놈들이 강하다는 건 유정상도 잘 알고 있었으니까 말이다.

"난 재밌을 것 같다. 주인."

산제이의 목소리는 즐거워 보인다. 그림자인간이라 자세한 얼굴표정을 확인할 수는 없지만, 녀석의 기분은 이렇게 음성이나 행동으로 충분히 파악되었다.

"이놈, 세상 무서운 거 모르네."

주코가 핀잔을 줬지만 산제이는 별로 신경 쓰지 않는 눈치다. 그 때문에 주코의 주둥이가 툭 튀어나왔다. 아무래도 산제이는 주코의 천적이 아닌가 싶어서 유정상은 저절로 웃음이 나왔다.

"크크크."

"왜, 웃냐? 주인."

"하하하하하"

"넌 또 왜 웃어?"

산제이가 영문도 모르면서 유정상을 따라 웃자 버럭 하는 주코. 그런데 곁에 있던 백정마저 웃는다.

"삐이이이."

"넌, 웃지 마!"

그렇게 잠깐 왁자지껄한 시간을 보낸 유정상의 무리가 이동을 시작했다.

그런데…….

쿠르르르르.

느닷없이 땅이 살짝 울리자 주코가 흠칫하며 사방을 둘러본다. 하지만 백정과 산제이는 아무것도 느끼지 못한 듯 평소와 다름없는 느낌으로 걷고 있었다.

그들의 반응을 보고 그 땅이 울리던 느낌이 바로 강력한 마나의 움직임이라고 판단한 주코는 재빨리 주위를 경계했다.

그러자 하늘 먼 곳에 새들이 떼를 지어 날아오는 모습이 보인다. 그것을 본 주코가 화들짝 놀라며 유정상에게 소리쳤다.

"감시자들이야, 숨어!"

주코가 갑자기 소리치며 은신마법을 시전하자, 유정상도 재빨리 은신술을 펼쳤다.

백정은 습관처럼 땅속으로 들어갔으며 산제이는 특유의 움직임으로 그림자 속으로 숨어들었다.

그리고 곧 검은 새들이 주변으로 날아들었다. 먼 곳에서 봤을 땐 그냥 새떼라고 생각했는데 그 수가 엄청나게 많은 박쥐였다. 하지만 일반 박쥐에 비해 커다랗고 반짝거리는 눈으로 보아 귀엽게 만들어놓은 박쥐인형 같았다.

주변을 살피던 녀석들이 사라지자 유정상 일행이 모습을 드러냈다.

"저놈들 박쥐 주제에 눈이 무진장 밝거든."

"박쥐라면 눈보다는 초음파로 확인하는 놈들 아니야?"

"초음파가 뭐야?"

"귀에는 들리지 않는 소리인데 지구의 박쥐는 그걸로 사물을 확인한다고."

"흠, 저놈들은 인간계의 박쥐들과는 달라. 소리…… 초음…… 뭐 그딴 건 모르겠고, 정말 눈이 엄청 밝다고. 그래서 감시자인거야."

"어쨌건 뱀파이어의 부하들이라는 말이지?"

"그래. 뱀파이어는 감시자박쥐들을 수족으로 부려서 항상 주위를 경계하지. 거기다 무리생활을 하기 때문에 상대하기가 까다롭다고 한 거야."

그렇게 주코에게 뱀파이어들의 습성에 관한 간략한 정보들을 들으며 이동하는 동안 먼 곳에 뾰족한 바위산이 시야에 들어왔다.

그리고 유정상이 지정하지도 않았는데 커서가 스스로 그곳을 가리키며 [뱀파이어 요새]라는 정보를 보여줬다.

"저기가 녀석들이 모여 있는 소굴이구만."

유정상이 중얼거리는데 디스플레이 화면 아래쪽에 있던

광산레이더가 작동하기 시작했다. 자세히 보니 어느새 레이더의 등급이 중급으로 올라 있었는데, 그 덕분에 원래는 보이지 않았던 물질이 레이더에 잡혔다.

[스트로늄 광산]

나이트 글로리 녀석들이 발견했다던 그 스트로늄 광산이 이곳 인근에 있었던 것이다.

위치로 보면 뱀파이어 녀석들의 소굴과 조금 떨어져 있었지만, 사방에 놈들의 감시자라 불리는 박쥐들이 있으니 몰래 잠입하기가 쉽지 않을 것 같았다.

거기다 광산이라는 것이 몰래 잠입했다고 해서 아무소리도 내지 않고 광석을 캘 수 있는 곳도 아니었다. 나이트 글로리 입장에서는 광석을 캐기 위해서 반드시 저 뱀파이어 무리들을 소탕해야 한다고 판단했을 것이다.

그러나 현실적으로 그것은 불가능하다.

강한 뱀파이어들이 무리를 지어 살고 있는 곳을 공격하려면 그만큼 큰 규모의 공격대를 구성해야 하고, 그렇게 하려면 필연적으로 미국헌터연합이 총동원되어야 할 것이다.

애초에 스트로늄에 눈이 멀어 있는 나이트 글로리가 그럴 리도 없을 테지만, 설사 미국헌터연합에게 먼저 알리고 요청한다고 해도 그것이 받아들여질지는 미지수였다.

그만큼 많은 피해를 각오해야 할 일이기 때문이다.

물론 이건 어디까지나 헌터연합도 뱀파이어에 대한 정보를 보유하고 있다는 가정하에서의 이야기다.

아무튼 스트로늄 광산도 인근에 있다는 것을 확인한 유정상은 이동을 멈추고 녀석들의 보물이라는 것을 어떻게 탈취할 것인가에 대한 고민에 빠졌다.

훔치는 김에 스트로늄도 좀 가져갈 수 있으면 더 좋다는 생각을 하면서…….

돈은 더 이상 별로 필요 없지만 스트로늄 같은 유용한 물건은 많으면 많을수록 좋기 때문이다.

'박 노인이 좋아하겠군.'

스트로늄을 보고 입을 헤벌쭉 벌린 박 노인을 떠올린 유정상이 피식 웃었다.

'뱀파이어와도 싸워야 하고, 스트로늄도 그냥 놔둘 수는 없고…….'

녀석들에 대한 정보가 너무 부족했기 때문에 일단 기본적인 지형들부터 살펴보기로 했다. 지금은 드레이크를 소환하면 금방 눈이 띄게 되므로 정면승부를 할 생각이 아니라면 계속 은신술을 펼친 채로 살펴야하는데 미션의 시간이 제한되어 있으니 무작정 찾아다니며 시간을 소모하고만 있을 수도 없다.

최소한의 움직임으로 최대한의 효과를 만드는 영리한 판단이 필요한 시점이었다.

그렇게 고민하고 있는데 먼 곳에서 미세한 움직임이 감각에 걸렸다.

곧바로 높은 바위에 오른 유정상이 감각이 느껴진 장소를 향해 눈을 집중했다. 시력에 에너지를 집중하자 뭔가 꾸물거리는 것이 살짝 보인다.

커서를 그곳에 가져가자 지정된 장소가 확대되어 보인다.

'망원경의 기능……'

업그레이드된 이후의 커서는 생각 이상으로 뛰어난 성능을 보여주었기에 종종 놀라지 않을 수가 없었다.

확대된 화면이 밝아지자 그 꾸물거리던 존재가 백정이와 비슷한 두더지모양의 몬스터임을 확인했다.

[가시두더지]

[레벨: 45]

[가시두더지 마을에서 인정받은 용맹한 전사이다. 가시두더지들은 지능이 높으며 무리를 지어 산다.]

간단한 정보가 떠오른다.

그런데 저렇게 순해 보이는 주제에 레벨이 45라니 황당한 생각에 피식 웃고 말았다.

저렇게 평범하며 잡몹으로 보이는 두더지가 레벨이 45나되니 과연 8성급은 다르구나 싶은 마음에 헛웃음이 나온 것이다.

레벨 45면 인간 각성자로 보면 3급의 하급 헌터 정도였다.

그런데 잠시 후 녀석의 곁에 다른 두더지 한 마리가 더 땅속을 뚫고 나왔다.

그리고는 두 녀석들이 대화를 나누기 시작했다.

커서로 계속 녀석들을 지정하고 있었더니 둘의 대화내용을 의미하는 말풍선이 떠올랐다.

– 우리 둘만으로 스트로늄을 구해가는 건 무리라고.

– 방법이 없잖아. 안 그러면 우리 부족은 모두 죽을 수밖에 없어.

– 그렇기는 하지만.

– 일단 어떡하든 조금이라도 구해가야 해.

말하는 두더지라.

과연 지능이 높다더니 완전한 문장으로 된 대화가 가능할 정도의 언어를 가진 모양이다.

녀석들의 대화를 가만히 들어보니 스트로늄을 반드시 구해가야 하는 것 같다.

스트로늄이 없으면 무리가 모두 죽을 거라는 말에 유정상도 문득 궁금함이 생겼다.

그리고 어쩌면 저 녀석들에게서 뱀파이어에 대한 정보를 좀 더 얻을 수 있지 않을까 싶기도 했다.

유정상이 녀석들에게 관심을 보이며 계속 관찰했다.

잠시 대화를 나누던 녀석들이 조심스럽게 주변을 살피다 다시 땅속으로 들어갔다. 그러나 유정상이 커서로 녀석들을 미리 지정해 둔 탓인지 땅속으로 이동하는 모습도 흐릿하게나마 보이고 있었다. 커서의 도움으로 녀석들의 움직임을 계속 쫓을 수 있었던 것이다. 의외의 상황에 신기함을 느끼면서 좀 더 녀석들을 살폈다.

두 마리가 빠른 속도로 땅속을 이동하는 모습은 꽤나 재미있었다. 백정도 땅속에서의 속도는 엄청나게 빠르기는 했지만 녀석들도 만만치 않은 속도다.

확실히 스트로늄 광산근처까지 이동해가고 있는 녀석들을 조용히 지켜보는데 어느새 유정상의 곁으로 소환수 세 녀석들이 다가와 있었다.

이 녀석들도 커서가 보여주는 땅속의 두더지 두 마리를 같이 볼 수 있었기에 호기심 어린 눈으로 조용히 지켜봤다. 평소엔 눈치가 없는 녀석들이라도 중요한 순간만큼은 신중했다. 산제이 역시도 주코나 백정처럼 이런 순간마저 병신처럼 행동하지는 않았다. 어쩌면 소환수가 되면서 생겨난 새로운 습관인지는 알 수 없었지만.

좀 더 보고 있으려니까 가시두더지들이 잠깐 밖으로 나오더니 다시 대화를 나눈다.

- 잘 살펴봐.
- 근처엔 놈들이 없는 것 같다.
- 그럼 시작하자.

- 알았어.

녀석들이 잠깐 광산 주변을 기웃거리다 곧 다시 땅속으로 파고들었다.

그런데 그때 유정상의 감각에 새로운 기의 움직임이 포착되었다.

그리고 바로 다음 순간 광산 근처의 땅속에서 하나의 기다란 그림자가 솟아올랐다.

갑자기 등장한 녀석의 이마에는 꽈배기처럼 꼬인 뾰족한 뿔이 달려 있었고 전신은 육각의 검은 무늬가 번들거리는 뱀이었다.

[땅뱀]
[레벨: 60]
[주로 땅속으로 돌아다니며, 땅속에 사는 동물들이나 지상의 작은 동물들을 주식으로 삼는다. 성질이 사납다.]

대충 봐도 굵기가 근육남의 팔뚝은 넘어 보일 정도로 꽤나 큰 놈이었는데, 가시두더지 녀석들의 움직임을 감지했는지 그들이 이동해 간 방향을 확인하며 다시 땅속으로 들어갔다.

잠시 후 다급한 모습으로 땅을 뚫고 나오는 두 마리의 가시두더지가 보였다.

그리고 곧 뒤를 이어 아까 봤던 땅뱀까지 튀어 나왔다.

풋풋!

가시두더지들의 몸에서 검은색의 가시들을 발사됐지만 땅뱀의 피부를 뚫지 못하고 허무하게 튕겨져 나갔다.

쌔액. 쌔액.

혀를 날름거리던 땅뱀이 머리를 세우고는 두 녀석을 노려보다 곧바로 몸을 날렸다.

그 사나운 공격에 두 놈은 재빨리 다시 땅속으로 파고들어 갔다.

하지만 뒤따라 들어가는 땅뱀을 피해서 다시 땅 밖으로 튀어나와야 했다.

가시를 쏘아대면서 두더지들이 필사적으로 도망을 쳤지만 스피드나 공격력, 방어력 모든 것이 땅뱀에 미치지 못했다.

그나마 전사 가시두더지들이라서 이만큼이라도 버틴 것일 뿐, 녀석들의 운명은 이미 정해져 있었다.

그런데 그때 백정이 유정상을 바라본다.

그 눈을 보던 유정상이 백정의 마음을 이해하고는 한숨을 쉬면서 곧 머리를 끄덕였다.

그러자 백정이 작은 하얀색의 날개를 퍼덕이며 싸움이 벌어진 장소를 날아갔다.

쉬이이익.

백정이 빠르게 접근하고 있다는 사실도 눈치 채지 못했는지 땅뱀이 기다란 이빨 두 개를 드러내며 가시두더지들에게 달려들었다. 그 순간 빛이 번쩍하는가 싶더니 땅뱀의 머리를 삽시간에 잘라 버렸다.

댕겅.

땅뱀의 머리가 바닥에 툭 떨어졌다.

하지만 완전히 숨이 끊어진 게 아니었는지 몸은 배배꼬며 버둥거렸고, 머리 부분은 여전히 이빨을 드러내며 백정이를 향해 아가리를 쫙 벌린다.

스걱.

머리 부분이 피를 뿌리며 다시 세로로 쪼개어졌다.

그제야 놈의 머리가 움직임을 멈추었다.

아직 몸은 살아서 버둥거리지만 이미 머리를 잃은 몸이기에 굳이 신경 쓰지 않는 백정이 두 마리의 두더지 곁으로 다가갔다.

압도적인 무력을 과시한 백정의 등장에 두 마리의 가시두더지들은 마치 영웅의 등장을 보는 것처럼 존경스러운 눈빛을 보내고 있었다.

백정이 자신들과 같은 두더지라서 처음부터 조금의 경계도 하지 않는 것 같았다.

어쩌면 백정의 등에 달려 있는 하얀색 날개 때문에 구원의 천사가 등장했다고 생각할지도 모를 일이었다.

백정이와 가시두더지들이 잠깐 동안 영화의 한 장면을 연출하고 있는 그때, 다시 땅속에서 다시 기다란 그림자가 솟아올랐다.

방금 죽인 녀석과 같은 종류의 땅뱀이었다.

놈은 땅속에서 튀어나오자마자 바로 백정의 뒤를 덮쳤다. 하지만…….

댕겅.

번쩍하는 느낌과 함께 그놈의 머리도 잘려나갔고, 백정은 순식간에 잘려진 그 머리를 다시 여러 조각으로 분해시켜 버렸다.

이미 땅뱀 정도의 레벨이라면 백정에게는 식후 간식거리도 안 되는 수준이었던 것이다.

그런 백정의 포스에 완전히 압도당한 가시두더지들이 그대로 얼어붙어 버렸다.

방금까지 구원의 천사로 보이던 백정이 이번엔 또 다른 모습으로 보였던 것일지도 몰랐다.

하지만 백정은 평소의 모습으로 돌아가 녀석들에게 다가가서는 삐삐거리자 가시두더지들도 그 의미를 이해했는지 고개를 두리번거리다가 유정상이 있는 곳으로 시선을 보낸다.

그들도 유정상이 있는 곳을 발견한 것이다.

그제야 유정상도 모습을 드러내고는 공중으로 몸을 날려 그들이 있는 곳으로 왔고, 그 뒤를 주코와 산제이가 따랐다.

"목숨을 구해주셔서 고맙습니다."

"……고맙습니다."

가시두더지 한 마리가 쭈뼛거리며 말하자 곁에 있던 녀석도 부르르 떨면서 덩달아 같은 말을 했다.

"감사인사는 거기 백정에게 하라고, 그나저나 너희들 말을 할 줄 아는군."

유정상은 커서의 번역메시지를 확인했지만, 그래도 백정이와 비슷하다면 소리로 감정이나 의미는 전달할 수 있더라도 언어를 사용하지는 못할 거라고 생각했었던 것이다.

그런데 유정상의 말에 오히려 가시두더지들이 더 놀란 것 같았다.

"저, 저희들도 우리말을 할 줄 아는 인간은 처음 봤어요."

그러고 보니 유정상은 자신이 통역을 거치지 않고 거의 대부분의 언어를 사용할 수 있다는 사실을 잠시 망각했다. 물론 그렇지 않더라도 언어라는 걸 사용하는 몬스터가 드문 건 사실이다.

언어라는 것은 단지 소리나 몸짓으로 자신의 의지를 전달하는 것이 아니고 그들만의 문화가 형성되어야지만 생겨나는 것이기 때문이다.

게다가 존댓말까지 표현되는 언어라면 가시두더지들이 만든 문화가 거의 완성된 문화라고 봐도 무방할 것이다.

"너희들은 여기서 뭘 하고 있었지?"

"저기, 저희들은……."

말끝을 흐린다.

블랙로브를 입고 있는 유정상이 풍기는 위압감도 그렇지만 일단 경계심이 완전히 사라진 것이 아니기 때문이다.

자신들을 구해준 이(백정)의 일행이기는 해도 상대편은 인간이다.

들은 이야기지만 인간들이 스트로늄에 대한 욕심이 많다는 건 잘 알고 있었기 때문에 진실을 이야기하는 게 머뭇거려진 것이다.

그런 그들의 마음을 이해한 유정상이 피식 웃으며 말했다.

"별로 숨길 필요는 없을 것 같은데? 스트로늄 광산에 다른 이유로 왔을 리는 없을 테고."

그 말에 깜짝 놀란 가시두더지들. 사실 부족의 존망이 걸려 있는 스트로늄에 대한 것이 아니라면 그들은 딱히 숨길 만한 것도 없었다.

"네. 말씀대로 저희들은 스트로늄을 얻기 위해서 이곳까지 왔습니다."

"야."

곁에 있던 가시두더지가 화들짝 놀라 툭 쳤다.

그 모습을 본 유정상이 다시 웃었다. 뭐, 대단한 일이라고 저렇게 결심한 듯 말하나 싶어서였다. 하지만, 곧 다른 것을 물었다.

"아까, 그 땅뱀들은 여기가 서식지인가?"

"아뇨, 이 녀석들은 뱀파이어들의 노예들이에요."

"노예?"

"네, 녀석들은 뱀파이어의 명령에 따라 여길 지키고 있어요."

"뱀파이어들이 스트로늄을 지켜야 할 이유가 있나?"

"여러 가지가 있어요. 제일 중요한 건 그들의 장신구나 무기 아이템을 만들기 위해서고, 다른 이유는 그들의 권력 유지를 위해 필요한 일종의 자금조달을 위해서예요. 그래서 저런 땅뱀들을 시켜 이곳을 침범하는 이들을 모조리 죽여 버렸거든요. 물론, 우리 가시두더지들도 거기에 포함되고요."

"너희들은 왜 스트로늄에 목을 매는 거지?"

"저희는 스트로늄이 없으면 살 수가 없어요."

"설마, 스트로늄만 먹고 산다는 말이냐?"

"아뇨, 그런 건 아니지만, 먹어야 하는 건 맞아요."

"먹고 사는 건 아닌데 먹어야 한다고? 무슨 소리야?"

주코가 가시두더지 한 마리에게 머리를 내밀며 묻자 슬쩍 물러난다.

"저희 가시두더지 족은 보름에 한 번 일정 분량의 스트로늄을 먹어야만 해요. 그래야만 우리의 유일한 무기인 가시를 강하게 발사할 수 있거든요. 만약 스트로늄을 먹지 못하면 가시를 발사하는 가시두더지로서의 능력을 잃어버리거든요. 그렇게 되면 이런 험한 곳에서는 더 이상 살지 못해요."

녀석들도 살기 위해 나름의 진화를 한 것이다. 유정상이 알겠다는 듯이 고개를 끄덕이자 녀석이 이어서 말했다.

"지금 저희 부족에 스트로늄이 바닥이 나서 그 문제를 해결하기 위해 위험을 무릅쓰고 온 건데, 하마터면 땅뱀들에게 먹힐 뻔 했어요. 그런데 덕분에 목숨을 건질 수 있었습니다. 고맙습니다."

새삼 스트로늄이라는 것이 의외로 쓰임새가 많다는 것을 느낀 유정상이 잠시 고민에 빠졌다가 곧 고개를 끄덕였다.

"백정이도 너희가 같은 두더지라 도와주길 원하는 것 같으니까……"

유정상의 말에 두 마리의 두더지가 백정을 향해 돌아보았다. 그런 시선을 느끼고도 '삐이' 하며 즐거워하는 백정. 이럴 때 하는 행동을 보면 아기 같은 녀석이라는 생각에 유정상이 피식 웃었다.

그리고는 곧 유정상이 커서를 광산 근처로 가져가 주변을 살피자 바로 커서가 광산레이더와 연계되면서 가장 많은 스트로늄이 있는 곳이 발견된다.

그쪽의 바위에는 입구임에도 불구하고 제법 많은 스트로늄이 포함되어 있었는데 커서로 그 암석 전체를 지정하고 스트로늄을 선택하자 바로 추출이 가능했다.

곧바로 몇 덩어리의 스트로늄을 바위 속에서 뽑아낸 유정상이 그것을 커서로 집은 채 가시두더지들에게 내밀었다.

"……!"

"……!"

순식간에 눈앞에 나타난 스트로늄에 두 녀석이 꽤나 놀랐는지 아기자기한 앞니 두 개를 드러내며 입을 쩍 벌렸다. 이렇게 가까이 가져와 보니 유정상이 추출한 스트로늄이 녀석들의 몸보다 더 커서 그들이 제대로 들고 갈 수 있을지 걱정이 될 정도였다.

"뭐해, 받지 않고?"

주코가 거들먹거리며 말하자 서둘러 두 녀석이 같이 받았다.

"그 정도면 되겠지?"

"……."

"모자라나?"

"아, 아뇨! 추, 충분해요! 이정도면 부족 전체가 2년은 사용할 수 있는 양이에요."

대충 30kg정도였는데 그렇게 말하는 걸 보면 섭취량 자체는 그리 많은 것 같지 않았다.

좋아서 어쩔 줄을 몰라 하는 가시두더지들을 보며 유정상은 문득 떠오른 게 있어서 물었다.

"너희들 혹시, 코드 주얼리라고 들어봤어?"

"코드 주얼리요? 글쎄요, 저희들은 잘 모르겠는데요."

혹시나 하고 물어봤을 뿐 별로 기대한 건 아니었다.

하긴, 미션의 대상인데 지나가던 가시두더지들이 알고

있다는 게 더 이상한 노릇이다.

유정상의 눈치를 살핀 주코가 볼일이 끝났음을 눈치 채고는 손가락을 까딱이고 거들먹거리며 말했다.

"됐어. 그럼 이제 가보라고."

"고맙습니다. 이 은혜는 꼭 잊지 않겠습니다."

"잊어도 상관없으니까, 빨리 가 보도록 해."

"감사합니다."

그렇게 몇 번을 더 감사를 표하고는 서둘러 땅속으로 사라졌다.

커다란 스트로늄 덩어리를 들고 가는 모습이 어쩐지 무척 기뻐하는 것 같았다.

그 모습을 넌지시 바라보던 백정이 삐이 하며 소리 내더니 유정상의 다리에 머리를 부비적대며 애교를 떨었다.

그런 백정의 모습이 별로 마음에 들지 않는지 주코가 흥하고 콧방귀를 뀐다.

산제이는 상황을 이해하지 못하고 주코의 콧방귀가 자신 때문이라고 생각했는지 머리를 긁적였다.

"그나저나 땅뱀을 사냥했으니 곧 놈들이 올지도 모르니까 일단 이곳을 벗어나야 하지 않을까?"

주코의 말에 유정상이 고개를 끄덕였다.

"그래야지."

그렇게 말하고는 곧바로 다시 뾰족한 바위산을 향해 이동을 시작했다.

바위산 쪽으로 다가갈수록 박쥐들의 모습이 자주 눈에 띄었지만, 각자 알아서 몸을 잘 숨기며 이동하고 있던 터라 발각되지 않을 수 있었다.

그리고 어느덧 바위산 맞은편 언덕에 도착했다.

커서가 가리킨 방향으로 오긴 했지만 처음엔 어째서 정면이 아니라 맞은편인가 했는데 알고 보니 바위산으로 가는 다리가 이곳에 있었기 때문이었다.

그런데 다리의 허술한 모습을 본 유정상이 눈살을 찌푸렸다.

물론 바위로 만들어진 다리이기는 했지만 좁고 가늘어 위태위태해 보이는 모양이었다.

맞은편 바위 언덕에 몸을 숨긴 채로 유정상이 그곳을 바라보며 중얼거리듯 말했다.

"저런 곳을 지나가면 무너지지 않을까?"

"녀석들은 건축에도 마법을 이용하는 법을 알고 있으니까, 저런 아슬아슬한 모양이라도 상관없을 거야."

"마법도 사용할 줄 안다고?"

"당연하지. 그러니까 그 험한 마계에서도 자신들을 보호하며 살아남은 거지."

"어떤 종류의 마법을 주로 사용하지?"

"흐음, 나도 정확한 건 모르지만, 뱀파이어 마녀들이 주로 마법을 사용할거야. 일반 전투 뱀파이어들은 냉기 마법이나 흡혈공격을 하는 걸로 알고 있어. 추가로 놈들은 모두 비행이 가능해."

유정상은 주코의 설명을 들으며 까다로운 놈들이라는 생각에 잠시 고민에 잠겼다.

놈들과의 정면승부에서 승산이 있다고 해도 그런 식으로는 코드 주얼리라는 것을 얻을 수 있을지 불분명했다.

애초에 보스를 잡는 일이었다면 그냥 무조건 때려 박으며 시작해도 될 테지만, 미션은 보석이라 판단되는 물건을 얻으라는 거였다.

턱을 긁으며 고민하고 있는데 뾰족 바위산에서 뭔가 빠르게 다리를 건너오는 게 보였다.

커서를 가져가 그곳을 확대하니 검은색의 하운드를 닮은 수십 마리의 개들이 빠른 속도로 달려 나오는 게 보였다.

그리고 더불어 커다란 박쥐 날개를 가진 놈들도 다리 주변으로 날아 개들을 쫓았다.

잠시 후 녀석들이 다리를 건너 달려간 곳은 스트로늄 광산 쪽이었다. 아무래도 땅뱀들이 죽었다는 걸 알아차린 모양이었다.

유정상은 그쪽을 잠시 노려보다 곧 바위산에 침투하기로 결정했다.

그리고 곧이어 이동의 팔찌를 이용해 그곳으로 몸을 날렸다.

은신술을 쓸 수 없는 백정과 산제이는 아직 손발을 맞지 않다는 판단에 대기하라는 명령을 내리고 주코와 함께 그곳으로 날아갔다.

백정은 불안한 듯이 폴짝거렸고 산제이는 따라가고 싶은지 입을 삐죽 내밀었다.

물론 주코는 혼자만 따라가서 고생하는 것이 못마땅한지 다른 녀석들과는 다른 형태의 불만을 표현하며 주둥이가 튀어나왔지만 말이다.

팍.

유정상의 몸이 가파른 바위산 벽에 찰싹 붙었다.

산 주위에 구멍이 이리저리 뚫려 있어 그곳으로 박쥐들이 들락날락 거리는 모습이 보였지만 그들의 눈엔 유정상과 주코가 보이지 않는지 전혀 신경을 쓰지 않고 있었다.

유정상은 가파른 바위틈에 손가락을 박으며 조용히 이동을 시작했다. 그리고 가까운 구멍 쪽으로 고개를 들이밀었다.

안쪽이 깜깜한 어둠으로 인해 전혀 보이지 않자 유정상은 얼른 인벤토리를 열어 '올빼미의 눈'을 꺼내 자신의 눈에 장착했다.

그러자 유정상의 눈동자 색깔이 연두색으로 변하며 시야가 밝아졌다.

마치 야간투시경과 같은 기계를 눈에 장착한 것 같은 느낌이었다.

아무것도 없음을 확인한 유정상이 구멍의 어둠속으로 뛰어들었다. 그리고 주코가 그 뒤를 따랐다. 원래 마계출신인 주코의 경우에는 어둠에 대한 친밀도가 높아 어둠속이 익숙했으니 유정상처럼 아이템의 도움이 필요하지는 않았다.

쉬쉬식.

유정상과 주코가 어둠속을 빠르게 이동해갔다.

사방이 커다란 동굴로 연결되어 있으며 그것들이 곳곳에서 흩어졌다가 다시 만나며 새로운 길로 이어져 있어 마치 엄청 복잡한 미로 속을 돌아다니는 기분이었다.

그러나 커서가 있는 이상 길을 잃을 염려가 없는 유정상으로서는 전혀 곤란해 할 필요가 없었다. 그저 커서가 가리키는 방향으로 이동하면 될 뿐이었다.

그렇게 이동해 가던 도중 거대한 문 앞에 다다랐다.

커서로 확인해보니 스트로늄으로 만들어진 문이었는데 통과하려면 뱀파이어의 문장이 필요하다고 한다.

"뱀파이어 문장이 뭐지?"

"그건 나도 모른다. 주인."

강제로 뚫는 것은 쉽지 않을 것처럼 보이는데다가 요란하게 뚫고 들어가면 번거로운 일을 자초할 것이 틀림없었기 때문에, 잠시 여유를 가지고 문 주변에 몸을 숨긴 채 기다렸다.

그리고 대략 10여분의 시간이 흘렀을 때 누군가 이곳으로 다가오는 게 느껴졌다.

곧 모습을 드러낸 것은 인간여자의 모습을 한 뱀파이어였다.

물론 그녀가 뱀파이어라는 건 커서로 확인한 일이었다.

가슴노출이 심한 검은색의 색정적인 원피스를 입은 하얀 피부의 여자가 당당한 걸음으로 다가오더니 곧 문 앞에 섰다. 그리고 오른손을 내밀자 그녀의 손등에서 빛이 나며 동그랗게 생긴 마법진 모양의 그림이 그려진다.

유정상은 빠르게 커서를 움직여 그녀의 손등 위를 드래그하며 복사했다.

뭔가 이상한 것이 스쳐지나간 것 때문인지 잠시 두리번거리던 그녀가 곧 어깨를 으쓱해 버렸다. 눈 깜짝할 사이에 일어난 일이라서 그녀는 유정상의 행동을 전혀 눈치 채지 못한 것이다.

여자 뱀파이어는 곧바로 손등을 문에 달려 있는 동그란 마법진 문양에 가져다 대었다.

팟.

빛이 번쩍이더니 시끄러운 소음을 내며 문이 열리기 시작했다.

끼기기기기.

그리고 그녀가 통과하자마자 문이 닫혔다.

잠시 후, 문 앞에 선 유정상이 커서에 복사된 마법진을 자신의 손등에 가져다대자 여자 뱀파이어처럼 빛의 마법진이 새겨졌다. 손등이 살짝 화끈거리기는 했지만 그뿐이었다.

그리고 곧이어 유정상도 똑같이 마법진 문양의 손등을 같은 곳에 대자 문이 열리기 시작했다.

끼기기기기기.

문이 열리자마자 유정상과 주코가 안으로 들어섰는데 곧바로 문이 닫혀 버렸다.

그 간격이 너무 빨라서 주코와 조금만 더 떨어져서 걸었다면 못 들어 왔을 뻔했다.

그런데 그들 눈앞에 펼쳐진 것은 전혀 새로운 장소였다.

"뭐, 뭐야? 여긴 도대체……?"

주코가 입을 벌린 채 주변을 두리번거렸다.

분명 새로운 동굴로 이어질 것이라고 생각했던 그들의 눈앞에 비춰진 것은 반질반질하고 깨끗한 대리석과 높은 천장, 그리고 중간 중간 달려 있는 아름다운 샹들리에였다.

그리고 그들의 앞으로 쭉 뻗은 복도의 벽에는 수많은 초상화들이 걸려 있었다.

사방이 번쩍이는 금과 고급스런 나무로 장식된 벽과 천장이다 보니 화려하면서도 고풍스럽기까지 했다.

벽에는 은은한 빛을 내는 발광석이 달려 있어서 굳이 올빼미의 눈을 착용하고 있을 필요도 없다.

인벤토리를 열어 올빼미의 눈을 다시 넣어두고 복도를 조심스럽게 걸어갔다.

물론 누가 갑자기 나타날지도 모르니 여전히 은신술을 풀지는 않은 상태였다.

그렇게 잠시 걷다보니 다시 나타나는 금장식의 화려한 문.

혹여 발생할 상황을 경계하며 커서로 살펴봤지만 특별한 것은 보이지 않았다.

그 문을 열고 안으로 들어가자 갑자기 음악소리가 들려왔다.

"응?"

방안 전체를 덮고 있는 은은한 멜로디에 유정상은 자신도 모르게 마음이 편안해졌다.

동시에 화려하게 꾸며진 실내가 눈에 들어왔다.

거대한 실내의 홀에 음악이 흐르는 파티장에 많은 수의 사람들이 모여 있었다.

아니, 사람이 아니라 사람의 모습을 한 이종족들이 모여 있다고 말하는 것이 좀 더 정확했다.

커서가 그들의 곁을 지날 때마다 보여주는 정보를 통해 유정상은 그들이 모두 인간이 아니라 그저 인간의 모습을 한 유사종족이라는 것을 알 수 있었던 것이다.

유정상과 주코는 계속 은신 상태로 홀 안을 돌아다니며 그곳에 모여 있는 자들의 정보를 살폈다.

[뱀파이어], [다크폭스], [나이트메어]…….

한두 번 마주친 경험이 있는 종족부터 생전 처음 보는 종족까지 골고루 섞여 있었다.

인간들의 파티장처럼 생각되어지는 곳에 이렇게 여러 종족이 모여 있다니 설마 오늘은 무슨 날인 것일까?

무엇을 기념하기 위해 모인 것이라든가 아니면 그저 정기적인 모임일지도 몰랐다.

"주인, 아무래도 은신마법을 계속 사용하기 어려울 것 같다. 마나가 다 떨어져 가."

예상보다 길어지는 탐색에 주코가 우는소리를 하자 유정상이 잠시 고민하다 녀석을 데리고 으슥한 장소로 갔다.

그리고는 녀석의 몸에 커서를 가져갔다.

"뭐하게?"

"가만 있어봐."

그렇게 말하며 유정상이 커서에 집중하자 곧 새로운 메시지가 생성되었다.

[외모를 바꾸시겠습니까?]

역시 유정상의 예상이 맞았다.

업그레이드를 하면서 많은 기능이 커서에 추가되었는데, 필요에 따라 그것에 대한 생각이 어렴풋이 떠오른다. 그래서 혹시나 하는 마음으로 해봤더니 가능한 스킬이었다.

유정상이 확신에 찬 얼굴로 대답했다.

"바꾸겠다."

"자, 잠깐. 바꾸다니."

"쏩!"

"……."

유정상의 엄포에 찔끔한 주코가 입을 다물자 곧 다시 메시지가 떴다.

[외모 변화 모드를 시작합니다.]
[변화된 모습을 유지할 수 있는 시간은 2시간입니다.]

곧바로 커서로 주코의 몸을 길게 늘였다.

"으엑! 읍!"

주코가 자신의 몸에 변화가 일자 소리치다 유정상의 기세를 느끼고는 서둘러 자신의 입을 막았다. 그러자 잠시 커서의 움직임을 멈추었다가 다시 작업을 시작했다.

주코가 어린애로 보일만큼 워낙 작은 체구여서 일단 키부터 늘린 것이다.

그리고 다음은 주코의 얼굴을 변화시켰다.

특별한 샘플은 없었지만 그래도 유정상의 생각에 따라 원하는 형태로 쉽게 변화되었다.

일단 새로운 주코의 얼굴은 젊은 미남형에 피부도 곱다.

머리를 특별히 금발로 변화시킨 후에 어울릴 만큼 어깨도 조금 키운다.

옷은 지금의 로브를 없애고 지금 이곳에 모여 있는 손님들이 주로 입고 있는 중세 귀족풍의 멋진 옷들 중 괜찮아

보이는 것으로 하나 골라서 비슷한 모습으로 입혔다.

마치 게임 속에서 아바타의 옷을 바꿔 입히는 게임이라도 하는 것 같은 느낌이라 꽤나 재미있다.

그리고 잠시 후.

꽤나 멋진 옷을 차려입은 금발의 꽃미남이 유정상의 앞에 서 있었다.

주코는 근처에 있던 거울에 비친 자신의 모습을 보고는 꽤나 놀란 표정이다.

"이게 나라고?"

"앞으로 두 시간 동안의 네 모습이지."

거울을 보던 주코가 잠시 동안 자신의 얼굴을 바라보다 마음에 들었는지 실실 웃으며 변화된 모습에 눈을 떼지 못한다. 하지만, 유정상의 살기에 흠칫한 녀석이 거울에서 눈을 떼고는 곧바로 물었다.

"그런데 왜? 뭐하라고?"

"파티에 적당히 어울리면서 정보를 좀 알아봐."

"어떤 정보?"

"뭐든, 일단 이 파티의 목적이 제일 궁금하긴 한데 그게 아니더라도 그냥 지금 이 곳에서 일어나는 그 어떤 거라도 알아내서 내게 알려줘. 그리고 너 잘하는 거 있잖아. 기분 좋게 즐기면서 해봐. 이럴 때 아니면 이런 파티에 언제 한번 껴볼래?"

유정상의 말에 주코가 피식 웃었다. 얼굴을 선한 느낌의 꽃미남으로 바꿨더니 녀석의 사악한 웃음도 어째 착하게 느껴진다.

"주인은?"

"혼자서 이 동네를 좀 돌아볼 테니까."

"알았어. 맡겨둬."

자신 있게 대답하는 주코를 뒤로하고 유정상은 곳 파티장을 벗어나 반대쪽 문으로 향했다. 그곳은 많은 이가 들락거리는 곳이라 그런지 일부러 열어두고 있었다.

그곳으로 들어간 유정상이 모두의 이동경로를 확인했다. 그리고 역으로 거슬러 올라가자 놀랍게도 광장이 눈앞에 드러났다.

단순히 커다란 동굴 정도로만 생각했었는데 야외로 착각할 만큼 넓은 장소가 눈에 들어왔다.

아니, 저 높은 하늘을 모두 가짜로 만들어 놓은 것이 아니라면 아무리 봐도 이곳은 야외로 보인다.

거기다 뾰족 바위산의 밖에서 본 어두운 하늘이 아닌 맑고 푸른 하늘이다.

아예 다른 장소라는 말이었다.

유정상은 곧 통과할 때 뱀파이어의 표식이 필요하다던 그 문에 생각이 미쳤다.

'설마, 포탈이었나?'

너무 자연스럽게 지나쳤기에 미처 생각지 못했는데 그러고 보면 그 문을 지나자 주위 공기가 확연히 달라졌었다.

지금까지 던전의 크기에 대한 다양한 논의는 있었으나, 추측에 그칠 뿐 그 누구도 정확한 정의를 내리지 못했다.

직접 들어가서 확인해 보기 전까지는 그 크기를 아무도 알지 못한다는 뜻이다.

작은 동굴과도 같은 곳으로 이어진 것이 있는가 하면 초원이나 밀림과 같이 드넓은 세상으로 연결될 수도 있었다.

하지만 지금까지 완벽하게 또 다른 세상으로 이어진 던전은 발견된 적이 없었다.

이곳은 마치 차원을 넘어 완전한 이계로 와 버린 기분이 드는 곳이었다.

사실 던전의 포탈이라고 하더라도 그것이 꼭 차원을 넘는 문이라고 생각하기는 어려웠다.

차원의 문이라기보다는 차라리 가상으로 만들어진 작은 공간으로 이어지는 문에 가까웠다.

던전의 포탈 너머 세상은 진짜 세계라고 보기에는 좀 무리가 있었기 때문이다.

그런데 지금 이곳은 완벽하게 다른 또 하나의 세상이 만들어져 있는 것 같았다.

만약 유정상이 다른 차원의 세계로 이동한 것이라면 그것은 아마도 그 뱀파이어의 요새 안에서 발견한 그 특이한 문에 있는 능력이었으리라.

그렇다면 원래 목적하던 장소를 벗어난 건가 생각할 수도 있지만 커서를 보면 또 그런 것 같지도 않았다.

여전히 어딘가로 유정상을 인도하는 듯이 방향을 가리키고 있었으니 말이다.

커서의 방향을 따라 광장을 벗어난 유정상이 주변을 돌아보며 다시 한 번 경악했다.

TV에서나 보던 그런 중세느낌의 거대한 도시였다.

엉성한 벽돌을 차곡차곡 쌓아올린 건물들이 즐비한 모습은 유럽의 고풍스러운 유명 관광도시를 떠올리게 했다.

"이거, 어디까지 놀라야 할지 모르겠군."

뱀파이어의 요새 안에 있는 차원의 문이 인간이 사는 도시로 연결되어 있다.

그것도 지구가 아닌 중세 유럽풍의 도시로.

이번 던전은 이제까지와는 또 다른 곳이라는 생각에 황당하기도 했지만, 한편으로는 어쩐지 재미난 경험을 할 것 같다는 기대감도 생긴다.

미션의 제한 시간만 아니라면 이런 신비로운 곳에서 관광이라도 하며 좀 더 머물렀으면 좋겠지만, 지금은 그렇게 노닥거릴 여유가 없다.

게다가 느긋하게 관광이나 즐긴 것을 뱀파이어의 바위성 밖에 두고 온 산제이와 백정이 안다면 아마 배신감을 느낄지도 모른다는 생각도 들었다.

물론 녀석들이 배신감을 느낀다고 해서 달라질 거야 없겠지만.

일단 유정상은 계속 커서가 가리키는 방향을 향해 이동했다.

정황상으로는 유정상이 찾고 있는 그 물건이 뱀파이어의 요새 안에 있을 거라고 추측했었는데, 실제로 커서가 가리키는 방향을 보니 다른 곳에 있는 모양이었다.

그렇게 한참을 더 이동해가다 마나가 제법 많이 떨어졌음을 확인한 유정상은 거리의 한쪽 구석에 가서 은신술을 풀었다.

아직 마나는 꽤 있었지만 여기서 더 줄어든다면 혹시라도 벌이지게 될지 모를 전투에 대비하기엔 부족한 감이 있었다.

그리고 이렇게 안전한 곳이라면 굳이 은신술을 쓰지 않아도 상관없을 거라 판단했기 때문이었다.

일단 눈에 띄지 않게 복장을 바꿀 필요가 있다는 생각한 유정상은 주변을 살피다 건물 위에 기다란 막대기에 널려 있는 빨래들을 발견했다.

그리고 적당한 옷을 찾아 커서로 끌고 와 블랙로브와 교체했다.

평범한 감색 누더기 같은 복장이 되기는 했지만 이렇게 입으니 이곳 주민들이 주로 입고 다니는 복장과 비슷해 보였다.

그리고 지나가는 사람들 중 눈에 띄지 않는 무난한 외모를 지닌 사람의 얼굴에 커서를 가져가 복사해서 자신의 얼굴에 가져다가 붙였다.

그러자 곧바로 유정상도 그와 같은 얼굴로 변한다.

[변화된 모습을 유지할 수 있는 시간은 2시간입니다.]

이번에도 2시간이다.

아마도 복사 능력은 관련 에너지양에 따라 유지시간이
정해지는 모양이었다.

그 모습으로 거리에 나서자 누구도 유정상에 대해 신경
쓰는 사람은 없었다.

이계인들이 무슨 언어를 사용하는지에 대해선 모르겠지
만, 일단 주변 사람들이 떠드는 말을 다 알아들을 수 있다
는 것 자체는 편하다고 느꼈다.

그렇게 유정상은 느긋하게 커서의 방향을 확인하며 다시
이동을 시작했다.

던전을 통해 들어온 뱀파이어의 소굴에서 다시 인간이
살고 있는 새로운 세상에 건너왔다.

이런 차원이동의 통로를 던전 밖에 있는 인간들이 알게
된다면 어떤 일이 벌어질지 궁금하기는 했지만, 굳이 사실
을 밝히고 싶지는 않았다.

보나마나 인간들은 욕심으로 가득차서 대규모 각성자들
이 투입하고 이곳을 장악하려 들 것이다.

지구의 역사를 돌이켜보면 이곳의 운명을 짐작하는 것은

어렵지 않았다.

이런저런 생각을 하며 거리를 걷고 있으려니 정말 중세의 유럽처럼 낙후된 생활환경이라는 사실에 다시 한 번 놀랐다.

거리엔 온통 오물들이 넘쳐 악취가 진동해 유정상의 표정이 저절로 찌푸려졌다.

많은 인구에 비해 배수처리와 오물처리는 미흡한, 전형적인 초기 도시의 모습이었다.

이런 곳이라면 언제 전염병이 퍼져도 이상하지 않을 것이다.

그렇게 커서가 가리키는 방향으로 한참을 걷던 유정상의 시야에 거대한 저택이 들어왔다.

언덕에 자리를 잡고 있는 저택은 시내와는 조금 덜어져 있었으나, 시내 전체를 한눈에 내려다 볼 수 있을 것 같았다.

목적지를 알게 되자 유정상은 서둘러 그곳을 향해 이동했다.

저 저택엔 아마도 유정상이 찾고 있는 뱀파이어가 살고 있을지도 모른다는 생각이 들었다.

'설마 드라큘라 백작의 성이라거나 뭐 그런 건 아니겠지? 일단, 외관상으로도 성은 아니니까.'

쓸데없는 상상에 피식 웃으며 저택이 있는 언덕을 향해 올라갔다.

아랫마을에서 올려다 볼 땐 꽤나 웅장하며 멋있어 보이더니, 외진 곳에 따로 떨어져 있어서 그런지 가까이 다가갈수록 스산한 느낌이 들었다.

가까이에 가서 살펴보니 많은 사람들이 들락거리는 것이 개인용 저택이 아닌 박물관이나 미술관 같은 일종의 문화 관련 건축물 같았다.

유정상의 주변에도 많은 마차가 줄을 서서 대기하고 있다.

담장 안쪽에서는 신분이 꽤나 높아 보이는 사람들이 시종복장을 한 이들의 안내를 받으며 건물 안으로 들어가고 있었다.

일단 줄 서 있는 마차를 피해 조용히 담장 안으로 들어가자 건물의 입구에서 손님들이 시종 복장을 한 직원들에게 뭔가를 내밀었다.

자세히 살펴보니 초대장이나 티켓쯤으로 보이는 종이쪼가리였다.

커서는 들어가라는 듯 안쪽을 가리키고 있었기에 유정상은 옆 사람이 들고 있는 티켓을 확인하고는 재빨리 커서로 복사해 손에 쥐었다.

그리고 주변에 있는 사람들의 복장 중 그럴듯한 옷을 또다시 카피하고는 자신의 옷을 그것으로 교체시켰다.

사람들 사이에서 자연스럽게 복장을 바꾼 유정상이 그들과 어울려 입구로 들어갔다.

그리고 직원으로 보이는 남자에게 복사된 티켓을 내밀자 그는 전혀 눈치를 채지 못했고, 정중하게 머릴 숙여 보이며 안쪽으로 들어가라는 듯이 손짓했다.

유정상이 주위를 두리번거리며 문안으로 들어서자 커다란 원형의 공간에 2층으로 만들어진 실내공연장이 펼쳐졌다.

잠시 주변을 둘러본 유정상이 커서의 방향을 살피자 우측 편에 있는 2층 관람석을 가리키고 있었다.

그곳을 살펴보니 젊고 하얀 피부의 미남과 아름다운 미녀 셋이 공연장의 무대를 내려다보고 있는 모습이 보였다.

커서는 정확히 그 남자를 향해 있었다.

'뭐지? 이것도 업그레이드 된 기능인가?'

보통은 이렇게까지 자세히 가리키는 경우는 없었는데 이례적인 모습에 조금 의아했지만 어쨌거나 커서가 그를 가리킨 이상 목적하는 보물이 저 남자에게 있다는 건 분명했다.

그런 그를 잠시 올려다보던 유정상이 커서를 그에게 가져갔다.

그러자 그의 표정이 살짝 찌푸려진다.

그리고는 녀석이 뭔가 이상한 느낌을 받은 것처럼 주변을 두리번거리기 시작했다.

하지만 그의 근처에서 움직이는 커서를 발견하지는 못했다.

그리고 이내 아래쪽에서 자신을 올려다보고 있는 유정상과 눈이 마주쳤다.

유정상이 그를 보며 씨익 웃어주었다.

그리고 녀석이 자신에게 신경을 쓰는 사이에 살짝 커서를 그에게 가져갔다.

[이름: 호세핀 발로]

[종족: 뱀파이어]

[직책: 뱀파이어 로드]

[레벨: 120]

[…….]

확인해 보니 놈이 바로 레벨 120짜리 뱀파이어 로드다.

몰렉에 비해 레벨은 다소 낮았지만 이정도 레벨 차이는 종족의 특성이나 그때그때 싸움 상황에 따라 충분히 뒤집힐 수도 있는 경우였기에 쉽사리 우열을 가늠할 수 없었다.

유정상의 경우 현재 138로, 몰렉을 소멸시키면서 오른 레벨이었다.

물론 유정상의 강함은 일반적인 레벨의 수치로 판단할 수 없는 것이었지만 말이다.

아무튼, 그런 상황을 모르는 뱀파이어가 유정상의 얼굴을 보며 머리를 살짝 갸웃거렸다.

아마도 그의 능력으로는 유정상의 강함을 느낄 수 없을 테고 또한 유정상의 얼굴도 전혀 기억에 없을 테니 당연한 반응일 것이다.

하지만 유정상은 그런 그의 반응에도 여전히 웃으며 손까지 흔들어 주었다.

하지만 잠시 유정상을 내려다보던 사내가 곧 관심을 잃고 무심한 얼굴로 시선을 돌린다.

'미친놈이라고 생각하고 있겠지.'

그렇게 생각하니 왠지 웃음이 나왔다. 그래도 여전히 그를 향해 시선을 보내고 있으니 곧 그가 다시 눈동자를 유정상이 있는 곳으로 돌린다.

그리고는 심기가 불편한지 그의 곁에 서 있던 늙은 남자에게 뭔가 속삭였다.

그 늙은 사내는 아마도 집사와 같은 직책이 아닐까 싶었다.

뱀파이어 로드의 말을 들은 그가 잠시 유정상을 바라보며 확인하고는 뒤로 물러났다.

웃음을 머금고 팔짱을 낀 채 의자에 앉아 새롭게 시작될 이벤트를 기다리자, 곧 심부름꾼으로 보이는 한 사내가 유정상을 향해 다가오더니 속삭이듯 말했다.

"지금 잠시 뵙기를 청하십니다."

유정상의 눈동자가 위층 녀석을 향하자 그가 고개를 끄덕이며 말했다.

"그렇습니다."

그 말에 어깨를 으쓱해 보인 유정상이 그를 따라 나섰다.

그리고 위층에 올라가기 위해 한적한 복도로 나오자 맞은편에서 두 명의 사내가 다가온다. 커서로 확인해보니 모두 뱀파이어들이기는 하지만 레벨은 60정도밖에 되지 않는 쓰레기들이다.

"이거, 무시당하는 기분인데?"

"……?"

유정상의 알 수 없는 말에 사내들의 표정이 미묘해졌다.

❖ ❖ ❖

2층 VIP석에 앉아 있던 뱀파이어 로드가 편안한 표정으로 무대 위를 바라본다.

곧 연극이 시작되려하는지 무대가 어두워진다.

그때 뒤쪽에서 한 남자의 투덜거리는 목소리가 들려왔다.

"너무한 거 아닌가? 그래도 좀 실력이 있는 놈으로 보낼 것이지."

그 말에 흠칫한 경호원들이 뒤를 돌아보니 출입구의 옆 어두운 곳에 한 사내의 그림자가 보였다.

하지만, 중앙에 앉아 있던 뱀파이어 로드는 여전히 편안한 표정으로 연극무대 쪽을 바라보고 있을 뿐이다.

249

집사로 보이는 검은 옷의 늙은 사내가 얼른 소리가 난 쪽으로 가려 하자 뱀파이어 로드는 그를 저지시키더니 여전히 여유로운 표정으로 새로 등장한 사내를 향해 손을 들어 까닥거린다.

"이리 와서 앉지."

뱀파이어 로드의 말에 슬쩍 모습을 드러낸 금발의 백인 사내.

그는 변장한 유정상이었는데 태평한 표정으로 미녀 한 명이 내어준 자리에 앉았다. 먼 곳에서 보았을 때도 엄청난 미녀라고 생각했었는데 가까이서보니 천상의 선녀 같은 얼굴이다. 그것도 세 명 모두다.

'부러운 뱀파이어 녀석.'

"내 이름은 호세핀 발로라고 하네."

"난, 그냥 탑이야."

"탑이라 재미있는 이름이군."

"그렇지? 후후."

"모두들 나가 있어."

여전히 무대를 응시하던 호세핀의 나지막한 지시에 주변에 있던 이들은 아무런 이견도 말하지 않고 바로 그림자 속으로 물러났다.

그리고 고개를 천천히 돌려 유정상을 바라보던 호세핀이 물었다.

"넌 누구지?"

"인간이지. 너와는 다른."

그 말에 호세핀의 눈썹이 살짝 꿈틀했다.

유정상이 자신의 정체를 알고 있다는 사실에 조금 놀란 모양이었다.

"원하는 게 뭐지?"

"그건 나중에 이야기하기로 하고, 일단 먼저 물어볼게 있는데."

"……?"

"던전 밖에 네 종족 중 한 놈이 인간의 수하로 있던데, 알고 있었나?"

유정상의 물음에 호세핀의 눈이 살짝 커졌다.

"……너, 이계 인간인가?"

아무래도 던전 밖에서 온 헌터들을 그렇게 부르는 모양이었다. 그래서 유정상이 살짝 고개를 끄덕여 주고는 다시 물었다.

"어떻게 인간을 따르게 된 거지? 거기다 던전에 속해 있는 존재가 던전 밖에서도 활동이 가능한 거였나?"

유정상의 질문에도 잠시 아무 말 없이 바라보던 그가 곧 입을 열었다.

"왜 그것이 알고 싶은 거지? 너도 그 녀석과 같은 목적인가?"

"그 녀석? 역시 그놈이 이곳에 왔던 건가?"

"훗, 목적을 이뤘으면서도 또 다른 인간을 이곳으로 들여 보내다니……. 역시 예상대로 비열한 인간이었군."

"목적을 이루다니 무슨 이야기지?"

"정말 모른다는 건가?"

"나 참, 그럼 내가 뭐 하러 이곳까지 들어와서 그런 걸 물어보겠어?"

어처구니없다는 표정을 지으며 말하는 유정상을 잠시 노려보던 호세핀이 결국 별 거 아니라는 듯이 덤덤한 음성으로 이야기를 시작했다.

"처음 우리 영역에 숨어든 인간이 두 명 있었다."

처음에 수색헌터 두 명이 파견되었다는 이야기는 유정상도 들었다.

"녀석들을 추적해 결국 두 놈을 다 생포할 수 있었지."

"두 명이 다 잡혔다고?"

"그래."

뭔가 들은 것과는 이야기가 조금 다른 것 같다는 생각을 하는 동안 호세핀의 이야기는 계속 이어졌다.

"그런데 한 놈이 재미난 이야기를 하더군."

"……?"

"그들은 이곳과 연결되는 문을 발견했다는 이야기를 했었다."

"그 문이라는 건, 그럼?"

"그래, 너도 아마 그곳을 통과해서 이곳에 왔을 테지."

"그 문을 발견한 것이 외부에서 온 인간이라고?"

차원의 이동이 가능한 문을 발견해서 뱀파이어들에게 알려준 이가 수색헌터라니 전혀 예상하지 못한 이야기였다.

"그 때문에 우리 종족의 고질적인 문제를 해결할 수 있었지."

아마도 녀석들은 던전에서만 살다보니 섭취할 인간의 피가 부족했던 것 같았다.

차원이동을 가능하게 해주는 문을 통해 인간 세상으로 이어질 수 있다면 당연히 그들은 인간 세상에 숨어들어 자신들에게 필요한 피를 얻을 수 있었을 것이다.

"인간은 우리 상식으로는 이해할 수 없는 족속이야. 본인의 이익을 위해 동족을 전부 팔아먹는 짓을 아무렇지도 않게 하니까."

정확하게 말하면 지금 이곳도 엄연히 던전이다. 그러니 이곳의 인간과 던전 밖의 인간은 같다고 할 수 없으니까 동족이라고는 할 수 없다. 종이 비슷한지는 모르지만.

물론 그렇다고 해도 미친 짓임에는 변함이 없지만 말이다.

"뭐, 우리 입장에서는 도움이 되었으니까 상관없는 일이겠지만. 아, 그러고 보니 그 녀석 이름이 크리스 벤켄이라고 그랬던가?"

"크리스 벤켄?"

크리스 벤켄은 나이트 글로리의 수장이며 유정상에게 당해 정신이 반쯤 나간 상태로 병원으로 후송된 녀석의 이름이었다.

하지만, 그는 분명 수색헌터 두 명을 보냈다고…… 아! 그리고 보니 벤켄 녀석이 바로 그 수색헌터일수도 있다는 생각은 해보지 않았다.

'결국 녀석이 직접 던전을 수색한 것이었군.'

유정상이 전후사정을 짐작하면서 생각을 정리하고 있는 와중에도 호세핀의 이야기는 계속되고 있었다.

"그 문을 넘겨주는 대가로 그는 상당한 양의 스트로늄을 원했었다. 그리고 더불어 자신이 데리고 온 동료를 뱀파이어로 만들어 자신의 부하로 만들기를 원했었지. 그래서 난 녀석의 동료를 뱀파이어로 만들고 피의 지배를 이용해서 수족으로 부리게 만들어 주었지."

"……!"

"일반적인 경우라면 믿을 수 없는 인간과의 거래 따위는 절대 하지 않겠지만, 그 녀석이 제시하는 물건이 워낙 엄청난 것이어서 우리들로서는 절대 거부할 수가 없는 거래였지."

결국 녀석의 곁에 있던 뱀파이어는 원래 같은 동료헌터였고, 로드에 의해 뱀파이어가 된 녀석이라는 것이다.

그제야 어째서 그가 뱀파이어를 수족처럼 부리고 있었는지 알 만했다.

애초에 던전 폭발이라도 발생하지 않는다면 뱀파이어가 던전 밖으로는 나올 수 없었지만, 원래 인간이었던 녀석이 뱀파이어로 변한 것이라면 던전을 탈출하는 것도 가능한 모양이었다.

"아무튼, 너희 인간은 꽤나 재미있는 족속들이야."

순진하게 보이던 그의 입꼬리가 흉측하게 말려 올라갔다가 다시 내려가자 원래의 평온한 얼굴로 돌아갔다.

"그래서, 넌 또 무엇을 바라고 날 찾아온 거지?"

"코드 주얼리."

"……!"

순간 호세핀의 표정이 굳어 버렸다.

그리고 뒤쪽 커튼 그림자 속에서 몇몇의 검은 옷을 입은 사내들이 나타났다. 이미 유정상은 그것을 감지하고 있었던 탓에 별로 놀라지 않는 얼굴로 피식 웃으며 말했다.

"뭐야? 갑자기."

"너무 과한 욕심을 부렸군."

호세핀의 눈이 붉게 물들며 살기가 어리자 유정상이 진정하라는 듯 손을 흔들며 이야기했다.

"워워. 그 눈 무서우니까 참아줘. 난 그냥 원하는 것을 말하라고 해서 답했을 뿐이니까."

"너희 인간의 욕심은 끝이 없지. 그 놈이 어떻게 코드 주얼리에 대한 걸 알아내고 네게 알려준 건지는 모르지만, 이번만큼은 살려 보내줄 수가 없군."

"뭐? 그딴 녀석이 그런 걸 어떻게 알았겠어? 그나저나 이런 곳에서 일을 크게 벌이고 싶은 건 아니겠지?"

그 말에 흠칫하던 녀석의 표정이 차갑게 변했다.

"그래. 네 녀석 하나를 죽이겠다고 우리 종족의 미래가 달려 있는 이곳에서의 사업을 엎을 수는 없으니까."

"잘 생각했어."

그렇게 말한 유정상의 몸이 순간적으로 흐려지며 사라져 버렸다.

말이 끝나는 순간에 바로 은신술을 쓴 것이다.

"엇!"

주변에 있던 검은 옷의 사내들이 놀란 얼굴로 그 흔적을 찾기 위해 주변을 두리번거렸다.

하지만 그들보다 이 은신술의 대단함을 훨씬 더 절실하게 느낀 호세핀의 얼굴은 순간 경악에 물들어 있었다.

노려보고 있는 사이에 자신의 감각에서도 사라져 버리는 인간이라니……. 눈앞의 사내가 알고 보니 전혀 생각도 못한 강자라는 사실에 순간 모골이 송연해진 것이다.

이런 놈이 암습을 가했다면 어쩌면 자신을 죽이는 것도 가능했을 것이라는 생각을 하며 순간 자리에서 일어난 호세핀은 서둘러서 건물을 빠져나갔다.

그를 호위하는 최강의 뱀파이어들이 이곳에도 여럿 있었지만, 자신을 보호하기에는 적당하지 않은 곳이었다.

빠른 걸음으로 건물을 빠져나오던 그들 앞에 갑자기 검은 로브의 사내가 나타났다. 그리고는 길을 막고서 음산한 음성으로 말했다.

"그렇다고 조용히 보내주겠다는 뜻은 아니었는데?"

검은 로브의 사내가 음산한 목소리로 말하자 호세핀 곁에 있던 사내 다섯이 동시에 검은 로브의 사내를 향해 번개처럼 달려들었다.

그러나 어찌된 영문인지 몸을 날렸던 다섯 명의 사내들이 별다른 저항도 못한 채 힘없이 바닥에 우수수 떨어져 내리더니 모두 바닥에 널브러진다.

그 모습을 본 호세핀이 깜짝 놀라며 물었다.

"넌 또 누구지? 아까 그놈과 한패인가?"

"복장 바꿨다고 못 알아보는 건가?"

목소리가 다름에도 그의 여유 넘치는 행동을 본 호세핀은 그가 바로 탑이라는 이름을 가진 인간임을 알 수 있었다.

그리고 더불어 자신이 감당할 수 없는 존재라는 사실도 실감하며.

"보석 하나만 주면 끝날 일인데, 일을 너무 키우려는 거 아니야?"

"보석 하나라고? 넌 코드 주얼리가 뭔지도 모르는군."

"뭐?"

순간 녀석이 하는 말을 이해하지 못 한 유정상이 잠시 머뭇거렸다.

그러다가 그의 근처에서 여전히 그림자처럼 서 있는 세 명의 여자들을 보며 미간을 좁혔다.

문득 그녀들에게 커서를 가져가자 세 명이 동시에 지정되더니 새로운 메시지가 생성되었다.

[코드 주얼리]

[세 명에게 그 힘이 나누어져 있다.]

커서가 처음부터 가리킨 존재는 호세핀이 아닌 세 명의 여자였던 것이다. 호세핀이 그녀들의 중심에 서 있으니 호세핀을 가리킨다고 착각을 했었던 모양이었다.

"이거 재미있는데? 단순히 보석류의 물건 정도로만 생각했었는데."

피식 웃으며 여자들을 바라보는 유정상, 그런 그를 보고는 코드 주얼리의 정체를 파악했다고 생각한 호세핀이 인상을 찌푸렸다.

"알아채고 말았군."

그렇게 말한 녀석의 외모가 변화를 일으켰다. 이빨이 뾰족하게 변하며 눈동자는 붉은색으로 물들었다. 그리고 곧바로 유정상을 향해 몸을 날리더니 자신의 손톱을 길게 세우고는 크게 휘둘렀다.

그렇게 휘둘러지는 호세핀의 손끝에는 정체를 알 수 없는 어두운 기운이 맺혀 있었는데 그게 제법 위험해 보였다.

번쩍!

어둠의 장막과 같은 기운이 유정상을 향해 날아들자 살짝 몸을 틀어 그것을 피해냈다.

하지만 그 어두운 기운은 더 이상 퍼져나가지 않고 주위를 장악하며 유정상을 뒤덮었다.

그러자 마치 중독된 것처럼 살짝 어지러운 기분도 들었다.

"이거, 장난이 아닌데."

그렇게 말한 유정상은 더 이상 녀석이 수작을 부리지 못하도록 곧바로 커서를 날려 녀석의 머릿속에서 어둠의 영혼을 잡아채듯 뽑아내 버렸다.

"크악!"

그러자 비명을 지른 호세핀의 눈이 초점을 잃고 퀭해지더니 놈의 육신이 바닥을 굴렀다.

그때였다.

번쩍!

터엉!

뭔가가 갑자기 유정상을 향해 날아들었고, 그것을 커서 방패가 막아냈다.

워낙 은밀한 공격이라서 유정상도 커서 방패가 막아낸 후에야 뭔가가 날아들었다는 것을 인지했을 정도였다.

"뭐야?"

유정상이 자세를 바로잡으며 주변을 살펴보았지만 바닥을 구르던 호세핀과 세 명의 여자들은 모두 사라지고 없었다.

"젠장, 속았군."

너무 쉽게 녀석을 쓰러뜨렸다고 생각했더니 바닥을 구른 것은 허상이었다.

마지막에 당한 그 어두운 기운이 눈을 현혹시키는 기술이었던 것 모양이었다.

얼른 정신을 차리고 주위를 돌아보니 여자들과 함께 장소를 벗어나고 있는 호세핀의 뒷모습이 보였다.

곧바로 유정상이 그들을 쫓으려하자 다시 유정상의 앞을 가로막는 검은 옷의 사내.

등장을 해도 기척이 거의 느껴지지 않을 정도로 옅은 존재감을 보이는 걸로 봐서는 방금 그 은밀한 공격을 해왔던 놈인 것 같아 보인다.

처음 유정상에게 덤볐던 허술한 놈들과는 또 다른 수준의 놈이었다.

놈이 어떤 수준이든지간에 전혀 관심이 없었던 유정상은 재빨리 처리해 버리기 위해 커서를 놈에게 날렸다.

하지만 놈은 반사적으로 그것을 피하며 유정상에게 빠르게 접근했다.

분명 커서가 보이지 않았을 텐데도 위험을 감지하고는 본능으로 피한 듯했다.

'보통의 뱀파이어는 아니라는 거군.'

약간 놀란 유정상의 눈이 가늘어졌다.

그사이 놈의 손에서 길게 뻗어 나온 긴 흉기가 유정상에게 휘둘러졌다.

텅.

그것이 유정상에게 닿으려는 순간 모습을 드러낸 커서

방패에 의해 막혀 버렸다.

자신의 공격이 막힌 것이 당황스러웠는지, 놈은 몸을 뒤로 날린다.

물러서는 찰나의 허점을 확인한 유정상이 재빨리 커서로 놈을 붙잡았다.

"크억!"

갑자기 허공에서 몸이 멈추자 놈이 당황한 표정으로 비명을 토했다. 유정상은 그 상태에서 바로 폭격펀치를 시전했다.

콰가가가가가가.

놈은 머리위에 쏟아지는 기파를 두들겨 맞으며 고통에 몸부림쳤다.

폭격펀치를 견딜 정도로 튼튼한 놈이었지만 유정상은 이 싸움을 길게 끌 수 없어서 곧바로 커서로 놈의 머릿속 검은 영혼을 뽑아 버려 소멸시켰다.

털썩.

영혼을 잃고 축 처진 놈의 육신이 바닥을 굴렀다.

곧바로 유정상이 커서의 방향을 확인하자 도시의 한가운데를 가리킨다.

그리고 커서의 화살 끝에는 처음 이 도시로 나올 때 지나왔던 광장이 있는 건물이 보인다.

"도망치게 놔둘 수는 없지."

이네크의 걸음을 극성으로 펼치며 빠르게 이동했다.

길거리엔 사람들이 많았기 때문에 시선을 끌지 않기 위해 은신술을 펼치며 막히는 순간마다 이동의 팔찌를 이용해 공중으로 몸을 날렸다.

그런 식으로 빠르게 이동해 가다 보니 이제 막 건물 안으로 들어가는 호세핀과 여자들의 뒷모습을 발견할 수 있었다.

드디어 따라잡은 것이다.

이동의 팔찌를 더욱 빨리 움직여 건물을 향해 날아들었다. 그리고 정문 앞에 뛰어내리고는 서둘러 안으로 들어섰다.

위이이잉.

건물의 안으로 들어가자 순간 머리가 살짝 울리는 것 같은 느낌이 든다.

'뭐지?'

순간 알 수 없는 감각이 유정상의 머리를 어지럽혔다.

분명 건물 안으로 들어왔는데 전혀 예상하지 못한 장소로 변해 있었다.

암흑의 자갈지대.

마치 뱀파이어의 소굴이 있던 그 삭막한 장소처럼 보인다.

그 때 유정상의 기감에 잡힌 무수한 존재들.

그 존재들이 어둠에 적응하는 것처럼 곧 사방에서 차츰차츰 모습을 드러냈다.

모습을 드러내는 자들은 화려한 파티복을 입고 있는 것으로 보아, 연회에 참가했던 이종족들인 것 같았다.

그들도 파티장에서 이곳으로 막 이동해 온 듯했다.

그제야 유정상은 자신이 저들과 함께 어떤 결계 속으로 들어와 버렸다는 사실을 알 수 있었다.

중앙에 높은 바위에 서있는 세 명의 여자와 한 명의 사내.

그들은 바로 뱀파이어 로드 호세핀과 코드 주얼리들이었다.

그런데 하늘 위에 떠 있는 붉은색의 달을 바라보며 그가 사악한 표정으로 웃었다.

"때가 되었다!"

녀석이 그렇게 외치기가 무섭게 세 명의 여자들 몸에서 동시에 강렬한 붉은 빛이 뿜어져 나왔다.

순간 유정상은 지금 무슨 일이 벌어지는지 알 수가 없어 그저 잠깐 멍하게 그들을 보고만 있었다.

그때 호세핀이 세 명 중 한 명의 목에 자신의 이빨을 박았다.

코드 주얼리의 피를 빨기 시작한 호세핀.

순간 뭔가 일이 이상하게 돌아간다는 사실을 인식한 유정상은 이동을 팔찌를 이용해서 녀석을 향해 몸을 날렸다.

더 이상 어둠속에 숨어 있을 상황이 아니었던 것이다.

그 순간 주면에 있던 수많은 녀석들이 인간의 탈을 벗어 던지고 본모습을 드러내며 유정상을 향해 덤벼들었다.

그리고 호세핀 근처에 있던 몇 놈도 본연의 모습을 드러 내며 몸을 날렸다.

'젠장.'

유정상이 복잡하게 꼬이는 상황에 미간을 찡그리며 주변 을 향해 폭격펀치를 날렸다.

콰가가가가가가.

폭격펀치를 맞은 녀석들이 나가떨어지긴 했지만 숫자가 너무 많았다.

거기다 놈들은 다양한 형태의 몬스터들이다보니 유정 상을 향해 달려드는 속도나 공격 스타일도 제각각이었 다.

순간 상황이 어렵다고 판단한 유정상은 재빨리 군주 포 인트를 이용해 코드골렘 10기와 드루이드 100여 명을 소환 했다.

유정상이 정신없는 싸우는 와중에 호세핀은 이미 세 명 의 피를 모두 흡수했는지 강력한 기세를 뿌리고 있었다.

"크아아아아!"

그리고 곧이어 세 명에게서 받은 에너지로 인해 놈의 오 른쪽 눈동자가 붉은색으로 반짝인다.

놈의 오른쪽 눈에 코드 주얼리가 생성된 것이다.

소환수들이 대신 싸워주는 틈에 얼른 커서로 놈을 지정

하자 레벨이 158로 상승해 있었다.

코드 주얼리를 흡수하면서 순간적으로 향상된 것으로 보였다.

머리 쪽으로 커서를 가져가 보았지만 어쩐지 놈의 영혼을 뽑아낼 수가 없었다.

[레벨이 본인보다 높으면 제거가 불가능하다.]

"젠장!"

레벨이 갑자기 30 이상이나 상승하면서 이젠 유정상보다 20이나 더 높아져 버렸기에 쉽게 갈 수 있는 길이 막혀 버렸다.

놈이 유정상을 향해 손톱이 날카롭게 돋아난 손을 휘둘렀다.

휘아아아아아.

엄청난 회오리가 유정상을 향해 빠르게 달려들었다.

유정상은 재빨리 몸을 날려서 피했지만 근처에 있던 드루이드들과 몇 마리의 적 몬스터들까지 그 회오리에 휩쓸렸다.

그런데 휩쓸리자마자 전신이 갈가리 찢겨 나간다.

[칼날의 회오리]

호세핀이 일으킨 회오리는 단순한 바람이 아니었던 탓에 휩쓸리는 족족 전신이 찢겨나가는 모습이었다.

유정상은 몸을 날려 녀석 근처까지 이동하고는 곧바로 마늘폭탄을 날렸다.

콰강, 콰가강, 쾅.

연속으로 터져나가던 폭탄에 의해 호세핀이 휘청거렸다.

사방에서 터져나가는 마늘폭탄으로 인해 조금 타격을 받은 게 틀림없었다.

유정상은 다시 몇 개의 마늘 폭탄을 더 터뜨리고 녀석에게 버스터펀치를 날렸다.

놈의 머리위로 엄청난 크기의 주먹 기파가 떨어져 내렸다.

콰아아앙.

강력한 폭발이 가시자 그 사이로 멀쩡한 놈의 모습이 드러났다.

물론 약간의 대미지를 입은 듯했지만 그 정도로 녀석에게 결정적인 타격을 입히기에는 턱도 없어 보였다.

다시 몸을 날려서 빠른 속도로 놈에게 주먹을 휘두르는 유정상.

퍼퍼퍼퍼펑.

놈이 빠른 속도로 공격을 피하자 유정상은 커서를 움직여 놈의 움직임을 조금씩 봉쇄했다.

호세핀도 마늘폭탄의 영향권에선 제대로 힘을 발휘할 수 없는 탓인지 빠르게 그곳을 벗어나더니 곧이어 유정상을 바라보며 두 손을 아래로 슥 내린다.

그러자 유정상의 머리위에서 엄청난 양의 검은 빗줄기가 떨어져 내렸다.

슈슈슈슛.

그 순간 커서가 방패로 변하며 그것을 막아냈다.

터터터터텅.

그 사이 유정상이 우타슈를 소환하자 황금검을 든 우타슈가 녀석을 향해 쏘아져 나가더니 아래로 강하게 내리그었다.

샤앗.

쩍.

놈이 현란한 움직임으로 우타슈의 검을 피하자 그 자리에 있던 거대한 바위가 반으로 깔끔하게 쪼개졌다.

유정상이 쫓아가며 계속 마늘폭탄을 터뜨리자, 놈이 흥분했는지 고래고래 소리를 지르며 다시 이동했다.

그러는 중 주변의 싸움도 시간이 갈수록 격렬해지고 있었다.

드루이드와 코드골렘이 꽤나 선전하고 있었지만 적 몬스터들에 비해 레벨이 떨어진 탓에 이미 절반이 소멸해 버린 상황이었다.

곧바로 소환수를 추가하려고 하던 그때.

267

호세핀이 몸을 날리자 갑자기 문이 생겨나더니 그것을 통해서 이곳을 빠져 나가버렸다.

이 결계를 빠져나가는 문인 것 같았다.

"어딜!"

다시 문이 닫히려는 순간 유정상이 재빨리 커서로 그 문을 붙들었다.

문이 닫히면 아마도 놈을 쫓는 게 상당히 어려워질 것이라는 생각에 반사적으로 커서를 이용했던 것이다.

물론 결계가 걸린 지금의 장소야 어떻게든 빠져나갈 자신이 있었지만, 이미 미션의 시간을 많이 소모한 상황에서 놈을 놓친다면 이번 미션은 실패로 돌아갈지도 모를 일이었다.

닫히는 문을 커서로 붙든 상태에서 유정상이 그곳을 향해 빠르게 이동하자 문 주위로 적 몬스터들이 모여들어 막아섰다.

그런 놈들에게 드루이드들과 코드골렘들이 달려들어서 길을 뚫었다.

그렇게 다급히 움직이며 조금 열려 있는 문을 향해 달려가는데 그때 주코가 나타나 유정상 뒤를 따랐다.

"같이 가자, 주인!"

"알아서 따라와라."

"냉혈한 인간!"

이미 2시간이 지난 탓에 녀석의 변신은 풀려 있었다.

주코도 파티장에 있다가 다른 놈들처럼 얼떨결에 이 결계 속으로 끌려 들어와 버린 모양이었다.

그렇게 커서로 버티며 간신히 열어둔 문 사이로 통과한 주코와 유정상의 눈앞에 길게 뻗은 복도가 나타났다.

눈에 익은 장소로 연회장에 들어가기 전에 지났던 그 복도였는데, 그 끝에는 뱀파이어의 문장으로만 통과할 수 있는 차원의 문이 보였다.

유정상은 문을 향해 달리며 얼른 뱀파이어 문장을 다시 손등에 새기고는 바로 문을 열었다.

그리고 동시에 인벤토리를 열어 올빼미의 눈을 장착했다.

끼이이이이.

문이 열리자마자 어둠이 그들을 반겼다.

"조심해라, 주인!"

주코의 경고성과 함께 엄청난 숫자의 칼이 어둠속에서 유정상을 향해 날아드는 것이 보였다.

검은 기운이 칼날 모양으로 뭉쳐져 날아오는 것으로 이미 뱀파이어로드의 명령을 받았는지 완벽하게 준비된 공격이었다.

쉭! 쉭!

칼날들이 피하기 힘든 전 방향에서 날아들자 주코가 유정상 앞을 막아섰다. 작은 체구로 나름 제 몸을 희생하려고 한 모양이었다.

극한의 순간엔 나름 소환수랍시고 유정상을 보호하려고
했던 것이다.

"까불지 마!"

유정상은 곧바로 주코를 안아들고는 그 칼날들 속을 뚫
고 몸을 날렸다.

그러자 커서 방패가 생겨나며 유정상을 감싸기 시작했
다.

방패가 움직이며 적의 공격을 하나하나 막는 것이 아니
라 사방에서 날아드는 모든 공격을 막아냈다.

계속적인 전투로 커서 방패마저 이 순간 새로운 단계의
방어력을 발휘하며 유정상의 몸을 보호하기 시작한 것이
다.

방패가 전신을 감싸고 있음에도 그것이 유정상의 시야를
가리지는 않았다.

외부에서는 분명 유정상의 존재가 방패 속에 모습을 감
춘 것처럼 보였지만, 유정상의 눈에 보이는 방패는 그저 형
상만 있을 뿐으로 시야를 가리는 것이 아니었다.

그 상태로 놈들 사이를 뚫고 들어간 유정상은 다시 여러
개의 마늘폭탄을 터뜨렸다.

퍼엉. 퍼엉. 퍼엉.

이곳은 완벽한 뱀파이어 소굴.

100% 마늘폭탄에 영향을 받는 놈들만 존재하고 있다 보
니 폭발 영향권에 있는 녀석들은 비틀거리며 제대로 대응

을 하지 못했다.

조금 전 결계에서 사용했을 때보다 훨씬 효과가 뛰어났던 것이다.

사방에 마늘폭탄을 터뜨리는 동안에도 영향권 밖에 있는 놈들은 쉴 새 없이 유정상을 향해 검은 칼을 날렸다.

거기다 이어서 빙계 마법의 공격까지 날아들자 유정상도 남은 군주 포인트를 모두 이용해 이번엔 드루킹과 드루이드, 그리고 네피림, 자이언트 웜까지 몽땅 불러들였다.

물론 코드골렘의 경우는 10기 제한을 모두 사용한 탓에 더 이상의 소환은 불가능했다.

그 와중에 다시 날아드는 칼날의 회오리.

유정상이 뱀파이어들과 정신없이 싸우는 그 틈을 노려 호세핀이 칼날의 회오리를 날린 것이다.

하지만 위기의 순간 다시 유정상의 몸을 보호하는 커서 방패로 인해 그의 기습공격은 허무하게 막혀버린다.

유정상이 놈을 향해 폭격펀치를 시전했지만 이곳에서 놈의 움직임은 전혀 달랐다.

엄청난 속도로 이동하며 유정상의 폭격펀치를 유유히 피해내자 유정상의 마음도 조급해져 갔다.

안 그래도 재빨랐던 녀석이 더욱 빨라지더니 이제는 육안으로 확인이 되지 않을 정도였다.

적의 안방에서, 그것도 상대의 레벨이 더 높은 상황에서 치루는 전투라 확실히 불리했다.

그런 와중에 속도조차 감당하기 힘든 놈을 상대하려니 버겁기도 했지만 그보다 시간이 흐를수록 소환수들의 숫자도 줄어들어간다는 것이 더 절망적이었다.

결계 내에서 소모한 전력 때문인지 세력싸움에서도 밀리는 것이었다.

바로 그때였다.

놈들의 소굴 바닥에 구멍이 뚫리며 무언가 조그마한 녀석들이 쏟아져 나오기 시작했다.

'……!'

그것들의 정체는 가시두더지였다.

녀석들이 그곳에서 나오자마자 주변에 이상한 것들을 마구 뿌리기 시작했다.

[동굴족제비의 냄새]
[뱀파이어에게 효과가 있다.]

냄새가 주변으로 퍼져나가자 뱀파이어들이 비명을 지르기 시작했다.

다소 역겨운 냄새였지만 비명을 지를 정도는 아니었는데, 뱀파이어들에게는 꽤나 타격을 주는 냄새인 모양이었다.

아무튼 갑자기 난입한 가시두더지들의 활약으로 전세가 역전되기 시작했다. 소환수들은 이 기회를 틈타 뱀파이어들을 공격해서 죽이기 시작했고, 유정상도 바로 호세핀을 쫓기 시작했다.

녀석도 가시두더지들이 뿌린 냄새를 견디지 못하고 그 자리를 벗어난 것이다.

유정상은 다급히 놈을 쫓아 뾰족 바위산 바깥으로 튀어 나갔다.

그런데 그 순간을 노려서 다시 칼날의 회오리 공격이 날아들었다.

하지만 이번에도 커서 방패의 활약에 무위로 돌아갔다.

놈이 분통을 터뜨리며 몸을 돌리려던 그 순간.

푸쉬식!

"끄아아아악!"

불의의 일격에 놈의 몸에서 피가 튀어 올랐고 동시에 고통스러운 비명을 질렀다.

어느새 비밀스럽게 다가온 그림자에게 공격을 당한 것이다.

그림자의 정체는 바로 이곳에서 유정상이 돌아오기만을 기다리고 있던 산제이였다.

"놈을 공격해라! 주인!"

산제이가 소리치자 유정상이 퍼뜩 정신을 차리고 몸을 날렸다.

산제이의 검에 몸이 꿰뚫린 호세핀이 휘청거리며 빈틈을 노출했다.

유정상은 그 짧은 순간의 틈을 놓치지 않고 전신을 회전시키며 주먹을 휘둘렀다.

둥글게 휘둘러지는 주먹에 거대한 반원의 기파가 생성되었다.

이제까지 한 번도 써본 적 없는 스킬이었지만 유정상은 이 순간 자연스럽게 그것을 떠올린 것이다.

[이네크의 숨은 스킬 '반월광'이 생성되었습니다.]

메시지가 찰나의 순간 유정상의 머릿속에 스쳐 지나갔고, 그와 동시에 그 반월광이 호세핀을 향해 발사되었다.

번쩍!

휘리리리릭.

초승달 모양의 빛이 엄청난 속도로 회전하며 빛처럼 빠르게 호세핀의 몸통을 지나쳐갔다.

"……!"

호세핀의 눈이 부릅떠졌다.

그 순간 바위산 안과 밖에 있던 모든 뱀파이어들의 움직임도 멈추었다.

소환수들과 가시두더지들은 뱀파이어들이 갑자기 멈춘 탓에 덩달아 공격을 멈추고는 조금 얼떨떨해하고 있다.

바닥에 착지한 유정상이 몸을 천천히 일으키며 호세핀을 바라보다 곧 주변을 천천히 둘러보며 무감정한 목소리로 나직이 중얼거렸다.

"피해가 크네."

그렇게 작은 한숨을 쉬며 몸을 돌리는 순간 호세핀의 허리에 붉은 실선이 그어졌다. 그리고 그 곳에서 빛이 세어 나오기 시작하더니 곧바로 그의 상체가 반으로 잘려서 바닥으로 떨어져 내렸다.

퉁.

그리고 동시에 놈의 몸이 보랏빛으로 물들기 시작했다.

"끄아아아아아!"

그제야 비명을 지르는 호세핀.

놈의 몸은 여전히 버티고 서 있는 다리 끝부터 서서히 검은 재가 되어 흩어지기 시작했다.

상체는 아직 고통스러운 신음을 흘리며 떨고 있는데 다리 부분은 재가 되어 사라지는 뭔가 기묘한 모습이었다.

그리고 주변에 있던 녀석의 부하들은 천천히 몸이 돌의 모습으로 굳어가기 시작했다.

그렇게 호세핀의 비명을 듣는 순간 유정상이 뭔가를 떠올리고는 재빨리 인벤토리를 열었다. 그리고 그 속에서 군주의 인장을 꺼내고는 곧바로 고통에 부들부들 떨고 있는 호세핀 머리에 그대로 박아 버렸다.

쾅!

[군주의 인장이 뱀파이어 로드 호세핀 발로의 머리에 새겨집니다.]

"크아아아악! 제, 젠장!"

놈이 눈을 부릅뜨며 원통한 눈빛으로 소리를 질렀다.

그런 호세핀의 눈을 바라보며 유정상이 작게 말했다.

"네 부하들은 내가 잘 부려주지. 넌 푹 쉬도록 해라."

"……빌어먹을!"

놈이 분노에 소리를 지르려고 했지만 더 이상 목소리는 나오지 않았고, 그렇게 조금씩 눈동자의 빛을 잃어갔다.

그와 동시에 돌로 변해가던 뱀파이어들이 곧 원래의 모습으로 되돌아갔다.

그리고 곧이어 정신을 차린 녀석들이 무릎을 꿇더니 동시에 유정상을 향해 머리를 숙인다.

[군주의 인장이 새겨지며 이곳에 있는 뱀파이어들의 충성을 받아냈습니다.]

[군주 포인트 2,000점이 추가됩니다.]

[뱀파이어의 소환이 가능해집니다.]

[뱀파이어의 포인트 사용은 100점입니다.]

[현재 군주 포인트는 총 7,480점이며, 사용 가능한 군주 포인트는 2,000점입니다.]

뜻밖의 수확에 잠시 멍하게 서 있던 유정상이 심호흡을 한 번 하고는 호세핀을 내려다보았다.

이마에 인장이 새겨진 호세핀의 전신이 서서히 검게 변하더니 붉은 불꽃을 뿌리며 공기 중으로 흩어져 버렸다.

그리고 호세핀이 사라진 그 자리엔 붉은 보석 하나가 덩그러니 놓여 있었다.

[코드 주얼리]
[신의 OS, 잃어버린 조각 중 하나.]

신의 OS라는 의미를 알 수 없는 메시지의 내용에 유정상은 살짝 고개를 갸웃거렸다.

하지만 이해할 수 없는 게 한두 개도 아니니 굳이 따질 필요가 있나 싶어서 어깨를 으쓱해 버리고 말았다.

그리고 그것을 커서로 집으려 하자 커서 곁에 복잡한 설계도면 같은 그림이 생겨나고 코드 주얼리가 그 안으로 빨려 들어가서 붉은 점으로 표시되더니 이내 사라지고 말았다.

"엇?"

순간 상황을 이해 못한 유정상의 미간이 살짝 찌푸려졌다.

그리고 다시 이어지는 메시지.

[군주 스킬이 업그레이드됩니다.]

[기존에 주로 사용하던 드루이드와 네피림, 자이언트 웜이 진화합니다.]

[드루이드가 코드드루이드로 진화합니다.]

[네피림이 코드네피림으로 진화합니다.]

[자이언트 웜이 코드자이언트 웜으로 진화합니다.]

[코드골렘이 진화된 코드골렘으로 업그레이드됩니다.]

[코드드루이드는 30점, 코드네피림은 80점, 코드자이언트 웜은 120점, 진화된 코드골렘은 100점의 포인트를 사용합니다.]

[군주 스킬 업그레이드로 인해 군주 포인트가 추가로 2,000점이 생성됩니다.]

[현재 군주 포인트는 9,480점이며, 사용 가능 군주 포인트는 4,000점입니다.]

[20 레벨이 올라 158 레벨이 됩니다.]

순식간에 엄청난 메시지가 눈앞을 스쳐지나갔지만 모두 머릿속에 박히듯 생생하게 기억 할 수 있었다.

그리고 다시 메시지가 떴다.

[미션완료]

[코드 주얼리를 뺏어라 미션을 완료하였습니다.]

[마족과의 계약을 통해 얻은 코드 주얼리로 힘을 증폭해

'아소비아 대륙'에 숨어들어 그들의 종족을 퍼뜨리고자 했던 뱀파이어 로드 호세핀의 야욕을 무산시킴과 더불어 잃어버린 신의 OS 조각 하나를 찾았습니다.]

[30레벨이 올라 188레벨이 됩니다.]

대박!

미션을 진행하는 동안에 몇 번이나 해결이 불가능하다 싶을 정도로 난이도가 높다고 생각했는데, 그에 대한 보상인지 레벨이 50이나 올랐다.

이번 미션은 그 어려웠던 난이도만큼이나 꽤나 요란스러운 메시지를 보여준다는 생각을 했지만, 어쨌든 결과가 좋은 것 같으니 그냥 만족할 뿐이었다.

커서 마스터
Cursor Master

4. 허공던전 (1)

커서 마스터
Cursor Master

4. 허공던전 (1)

브레이킹 뉴스.

- 중국 상하이 도시 한복판에 거대한 피라미드 모양의 건축물이 갑자기 생성되어 수천 명의 인명피해가 발생했으며, 이 여파로 강력한 지진파가…….

소파에 몸을 푹 파묻은 채로 TV를 보던 유정상이 미간을 찌푸렸다.

자신이 알고 있던 과거와는 전혀 다른 역사가 진행되고 있다는 사실 때문이었다.

어쩌면 자신이 과거로 온 시점부터 모든 것이 바뀌었을 지도 모른다는 생각이 들었다.

사실 과거로 돌아온 이후부터 자신이 알고 있던 것과 달리 애초에 발생하지 않았던 일이 일어나거나, 예정보다 더 일찍 벌어진 일들이 뒤섞여 있는 통에, 조금씩 과거, 아니 현재가 바뀌어가고 있다는 걸 인지하고 있었다.

본래 주변에서 발생하는 일에 관심을 갖지 않는 성격이었기에 깊이 생각해 본 적은 없었다.

그럼에도 방금 뉴스를 통해 거대한 피라미드형 건축물이 갑자기 중국에 생겨난 소식을 접한 유정상은 온몸에 전율이 일었다.

자신의 기억에 저런 큰 사건은 존재하지 않았다.

유정상의 행동에 대한 여파로 생겨났다고 보기에는 연관성이 없었기에, 자신이 과거로 왔던 것처럼 이 지구에도 뭔가 이상한 일이 생겨나고 있다는 느낌이 강렬하게 들었다.

- 중국정부에서는 이번 사태에 대해 아무런 입장을 표하지 않고 있으며, 군을 투입해…….

띠링.

한참 뉴스를 보고 있는데 옥타비아로부터 문자가 들어왔다.

- 탑. 미국 내의 최고 등급 던전에 관한 정보를 보냈어요. 확인해 보세요.

휴대폰으로 옥타비아가 보내 준 파일과 추가로 관련 어플을 받아 실행시키자, 국가의 최고기밀이라 할 수 있는 8성급 이상 던전의 정보를 확인할 수 있었다.

이 정보는 며칠 전에 유정상이 옥타비아에게 따로 부탁한 것이었다.

밑져야 본전이라는 생각으로 한번 부탁해 본 것인데, 그녀는 의외로 유정상의 부탁을 흔쾌히 받아들였고, 오늘 자료를 보내온 것이었다.

유정상이 정보를 확인하고는 답장을 보냈다.

며칠 전에 귀찮다는 생각에 한글로 문자를 보낸 적이 있었는데, 그녀는 언어 따위는 전혀 문제가 되지 않았는지 곧장 답장을 해왔다. 덕분에 그다음부턴 편하게 한글로 문자를 보낼 수 있었다.

– 정보 유출시켜서 감옥 가는 거 아닌가?

– 뭐, 그렇게 되면 할 수 없는 일이죠. :-l

– …….

– 농담이에요. ;)

이젠 이모티콘으로 윙크까지 보낼 정도로 친근하게 군다.

– 아무튼 정보 고마워.

– 네. :3

미국인들이 사용하는 이모티콘이었기에 전혀 익숙하지 않았던 유정상은 마지막 문구가 무슨 뜻인지 모르겠다는 생각을 하며 휴대전화를 내려놓았다.

"아우, 밥 해먹기도 귀찮은데, 오늘은 그냥 몬스터고기로 먹어볼까?"

그렇게 중얼거린 유정상은 인벤토리를 열어 냠냠플레이어 냄비2와 최근에 잡은 붉은 타조 고기를 꺼냈다.

✥ ❖ ✥

　그 시각 뉴욕 인근 펜실베니아주에 위치한 작은 도시 앨런타운.

　모처럼 금요일부터 휴일이 이어지는 주말인데다가 최근에 흥행몰이를 하고 있는 가족영화가 상영 중이라 그런지 극장 인근은 많은 수의 사람들 번잡했다.

　그런 인파 속에 한 꼬마아이가 아빠의 손을 잡고 다른 손으로는 솜사탕을 먹으며 걸어가고 있었다.

　입가를 분홍색으로 물들여가며 열심히 솜사탕을 뜯어먹던 아이가 문득 극장 건물 위쪽에서 검은 무리가 생성되는 모습을 보며 갸웃거렸다.

　아이가 발걸음을 멈추고 그곳을 바라보고 있자, 꼬마의 아빠도 그 시선을 따라 고개를 들어 움직이다가 허공에 생겨난 이상 현상을 보고는 경악했다.

　그리고는 당황한 표정으로 근처에 있는 경관을 불러서 허공을 손가락으로 가리키며 상황을 알렸다.

　그것을 확인한 경관이 그것의 정체를 알고는 서둘러 주변 사람들에게 긴급대피를 지시하며 무전기로 상황을 전달했다.

작은 소란이 발생하면서 허공의 이상 현상을 발견한 사람들이 늘어남에 따라 장내는 순식간에 혼란스러워졌다.

위험을 감지하지 못한 사람들은 그것을 촬영하려고 스마트폰을 들어올렸다.

그런데 어쩐 일인지 방금까지 잘 작동하던 폰이 어느새 작동을 멈추었다.

경관들도 무전기가 제대로 작동하지 않자 급히 이곳의 상황을 보고하기 위해 자신의 휴대폰을 꺼냈지만 모든 폰들이 작동하지 않고 있었다.

게다가 근처를 달리던 자동차들도 갑자기 시동이 꺼지면서 발생한 핸들 잠김으로 인해 급정거했고, 제대로 조작되지 못한 자동차들이 인근가게나 사람들이 모여 있는 장소를 덮치는 일도 발생했다.

끼이이이익.

콰앙!

갑자기 일어난 일련의 사태에 사람들이 정신을 못 차리고 있는 사이에 공중에서 생성되었던 검은 기운에 스파크가 형성되었다.

그리고 이어서 경악할 일이 벌어지고 말았다.

검은 연기가 뭉쳐진 것 같은 곳에서 뭔가가 아래로 후두둑 떨어지기 시작한 것이다.

쿵. 쾅. 콰아앙.

내팽개쳐지듯이 바닥에 떨어져 내린 물체들이 곧 꿈틀거

리며 움직이기 시작했다.

그리고 그 존재를 알아본 누군가가 경악한 음성으로 소리쳤다.

"모, 몬스터다!"

놀랍게도 아래로 떨어진 물체는 던전에서 서식하고 있던 몬스터였다.

그리고 몸을 일으킨 몬스터들이 사람들을 향해 공격해오자 다급히 도망치는 사람들도 금방 놈들의 정체가 무엇인지 알게 되었다.

스켈레톤과 좀비, 구울 등 일명 언데드 몬스터들이라 불리는 존재들이었다.

그리고 그 순간에도 계속 떨어져 내리는 언데드 몬스터들.

그 때문에 평화로운 주말의 번화가가 순식간에 아비규환의 지옥으로 변해 버렸다.

"꺄아아악!"

"살려줘!"

탕! 탕! 탕!

경관이 총을 쏘았음에도 언데드 몬스터들에게는 전혀 타격을 주지 못했고, 오히려 관심만을 끌 뿐이었다.

그런 몇 마리의 몬스터가 경관이 있는 쪽으로 빠르게 다가왔다.

놀란 경관이 그곳을 벗어나려 했으나 이미 늦어버렸다.

"끄아아아악!"

스켈레톤의 녹슨 검에 의해 팔이 잘려나간 경찰이 고통 속에서 처절한 비명을 질렀다.

엄청난 숫자의 사람들이 허무하게 죽었고 그보다 더 많은 수의 사람들이 공포에 휩싸인 표정으로 그곳을 벗어나기 위해 마구 달렸다.

❖ ❖ ❖

시끄러운 소리에 창문으로 내다봤더니 옆집에 무슨 일이 있었는지 경찰까지 출동해서는 남자를 체포해 경찰차로 데리고 간다.

대충 부부싸움인 듯 보였는데, 창문 너머로 한국에서는 좀처럼 보기 힘든 모습을 바라보며 여유롭게 커피를 마시고 있던 유정상의 휴대폰이 울렸다.

옥타비아에게서 온 문자였다.

– 앨런타운에서 던전이 생겨났어요.

"아우, 문자 쓰는 것도 귀찮아."

미래에서 오토타이핑 프로그램을 썼던 유정상은 일일이 타이핑하는 게 귀찮았는지, 전화를 걸었다. 마치 유정상이 전화를 걸 것을 알고나 있었다는 듯, 벨이 채 한 번을 울리기도 전에 옥타비아가 받았고 이내 상황을 설명했다.

– 앨런타운에 군까지 투입되었어요.

"군대? 뭔가 했더니, 던전이야 늘 열리던 거 아니었나?"

– 정확하게 말하면 던전이 생겨난 것이 문제가 아니라, 그곳에서 언데드 몬스터들이 바깥으로 쏟아져 나오고 있다는 사실이에요.

"뭐? 던전 웨이브가 생겼다는 건가?"

– 맞아요.

"그럼 던전 폭발?"

– 아니요. 그런 건 아니에요.

"폭발한 것도 아니면 입구가 제 기능을 못해서 인가?"

– 아마도 그 문제 같아요. 하지만, 문제는 더 있어요.

"……?"

– 몬스터들이 던전 에너지의 범위에 묶여 있지 않고 밖까지 자유롭게 이동하고 있다는 거예요.

"던전 에너지 범위가 넓어진 게 아니라 그냥 밖으로 나와 던전의 에너지 범위를 벗어나고 있다는 뜻인가?"

– 네.

던전에서 몬스터들이 튀어나온 것도 모자라 던전 에너지가 미치지 않는 범위까지 이동하는 몬스터라니, 큰일이었다. 그렇게 되면 무차별적으로 덤벼드는 몬스터의 습성상 엄청난 인명피해가 발생하고 말 것이기 때문이다.

– 일단 군대가 먼저 투입되어 몬스터의 이동방향을 막고 시민들을 대피시키고는 있지만, 상황이 여의치 않아요.

"그렇겠지. 언데드라면 일반 군대로 쉽게 상대할 수 있는 몬스터는 아니니까. 일단 위치에 대한 정보를 좀 알려 줘."

– 직접 가시려고요?

"그걸 바란 거 아니었나?"

– …….

"아예 먼 곳에서 발생한 일이라면 모를까, 가까운 곳에서 그런 큰일이 벌어졌는데 모른 체 하고 있을 수는 없잖아."

– 고마워요. 탑.

"도로는 어때?"

아무리 가깝다고 해도 150km의 거리는 부담스러울 수밖에 없기 때문에 자동차로 이동해야만 한다. 그렇지만, 이런 일이 발생한 이상 도로사정이 좋길 바라는 것도 무리다.

– 벌써 근처에 헬기가 대기 중이에요.

그녀의 말에 약간 어이가 없다는 표정이 되었다.

"이미 내가 갈 거라는 것을 알고 있었군?"

– 죄송해요.

"뭐, 당신 능력까지 탓할 수는 없는 거니까."

전화를 끊은 직후 집을 나서자, 헬기가 근처 마을 야구장에 착륙하고 있었다.

유정상이 블랙로브를 착용하고 그곳으로 이동해 갔다.

투다다다다.

헬기가 앨런타운 상공에서 호버링하고 있었다.

헬기 창밖으로 도시에 불길이 치솟는 모습과 함께 대규모의 차량행렬이 보인다.

던전이 생겨난 지 몇 시간이 채 되지도 않았다는데, 도시는 그새 전쟁터로 변해 있었다.

그런데 던전이 생겨나자마자 몬스터를 토해내고 있다는 것이 유정상은 도무지 이해가 가지 않았다.

발견이 늦어져 방치되던 던전에서 발생한 일이라면 몰라도, 던전이 생겨나자마자 이상 현상을 일으켰다는 말은 믿어지지가 않았던 것이다.

"군대의 저지 라인에 도착했습니다. 적당한 곳에 착륙할까요?"

헬기조종사가 소리치자 유정상은 잠시 아래를 내려 보다가 가타부타 말도 없이 지상을 향해 뛰어내렸다.

"엇!"

블랙로브의 갑작스런 행동에 놀랐지만, 그가 빌딩 옥상에 무사히 내려서며 빠르게 달려가는 모습을 보고는 고개를 절레절레 흔들었다.

과연 각성자 중에서도 독보적인 인물이라는 걸 떠올린 조종사는 곧바로 헬기의 기수를 돌렸다.

헬기가 돌아가는 걸 힐끔 본 후에 빠른 속도로 옥상과 옥상 사이를 달려가는 유정상.

지상에선 대포 소리와 함께 군인들과 언데드들 간에 치열한 전투가 벌어지고 있었다.

물론 치열하다기 보다는 군인들이 언데드에게 일방적으로 밀리고 있다는 게 정확한 표현이었다.

유정상은 근본적인 문제를 해결해야 한다는 생각에 자잘한 녀석들은 무시하면서 빠르게 던전 입구를 향해 달려갔다.

먼 곳에서 다른 헬기들이 착륙하는 모습과 그 헬기에서 내리는 검은 슈트의 사람들이 언뜻 보이는 걸로 봐서 이제부터는 본격적인 각성자들과 언데드 몬스터들 간의 전투가 벌어질 모양이었다.

콰가강!

펑! 퍼퍼펑!

먼 곳에서 폭발음이 들린다.

유정상이 그냥 무시하고 달려가는데 그 주변에서 다시 인간의 비명소리가 울렸다.

순간 자신도 모르게 발을 멈춘 유정상이 언뜻 건물의 옥상 아래를 내려다보자, 언데드 수십여 마리가 몰려드는 길목에 십여 명의 사람들이 모여 있는 게 눈에 들어온다.

아마도 소식을 뒤늦게 들어 피하는 것이 늦었던 사람들인 모양이었다.

그들 중에 몇 명의 각성자들이 포함되어 있어서 언데드에게 마나건을 들고 쏘았지만 저 정도 공격에는 한 방에 쓰러지지 않는 놈들이라 금방 근처까지 도달했다.

그런데 그들은 민간인을 보호하기 위해 물러서지 않고 자신들의 검까지 사용하며 언데드들을 상대했다.

그러나 처음 덤벼든 스켈레톤이나 좀비 몇 마리는 쓰러트릴 수 있었지만, 뒤에 다가온 스켈레톤 나이트의 경우엔 그들로서도 감당하기 힘든 몬스터였다.

"포기하자!"

"하지만, 이 사람들은?"

"이제 늦었어. 우리로는 무리야. 이대로 싸워봐야 의미 없는 개죽음일 뿐이라고!"

헌터들이 싸우는 소리를 들은 일반인들이 버려질지도 모른다는 공포에 휩싸여서 소리를 질렀다.

"살려줘요!"

"그냥 가지 마세요!"

이미 사방에서 몰려드는 언데드로 인해 도망은 불가능해 보인다. 그나마 각성자들은 건물을 타고 올라가서 피할 수라도 있었기에 이런 상황에서도 포기를 이야기한 것이다.

하지만 마음이 약한 녀석들인지 민간인들의 죽음을 외면해야 한다는 사실 때문에 고통스러워하며 선뜻 움직이지 못하고 있었다.

"이젠 틀렸어! 빨리 가야해!"

"그렇지만……."

그런데 옥상 쪽에서 큰소리가 들려왔다.

"동료 말을 들어. 싸워봐야 개죽음일 뿐이야."

갑자기 들리는 음산한 목소리에 그 자리에 있던 모두가 깜짝 놀란 표정으로 머리를 들어 옥상 쪽을 올려다보았다.

그러자 그곳에는 검은 로브를 입은 사내가 아래를 내려다보고 있었다.

"브, 블랙로브다!"

"뭐?"

〈7권에 계속〉

TIME ROULETTE
타임룰렛

최예균 현대판타지 장편소설 NEO MODERN FANTASY STORY

[다크 게이머], [타임 레코드]의 작가 최예균의 귀환!

전형적인 칼리지 푸어(COLLEGE POOR) 한정훈.
가난이 싫었고 재능조차 전무했던 그가
아버지가 간직해 온 낡은 룰렛을 돌리는 순간,

과거, 현재, 미래를 지배하는 시간 여행자로 변화하다!

룰렛을 통해 뜻밖의 상황들을 헤쳐 가며
불가능을 가능으로 만드는 능력자로 거듭난다.

자신의 소중한 이들을 지키기 위해,
희망을 잃어가는 이 시대의 사람들을 위해,
그는 오늘도 간절한 마음을 담아 레버를 당기다.

조연조차 되지 못하고 들러리에 그쳤던 한정훈.
세상을 움직이고 미래를 변화시키는 주연으로 거듭난다!